Der Letzte Held

Eine Herbst Novelle

Erik H.J. Heeren

Sterben ist hienieden
keine Kunst.
Schwerer ist's:
das Leben bau´n auf Erden.

- Majakowskij

In Erinnerung an meinen guten Freund Arne Wirth

Freitag, 29. September

Zwar war es ein Freitag, doch es war mein erster Tag zurück in der Arbeit. Nach dem Stress der Sommerferien und unzähligen, freiwilligen Überstunden im Ferienprogramm mit meinen Jugendlichen hatte ich mir fast den gesamten September über frei genommen. Naja, das stimmte nicht ganz, denn es war ein Mix aus Urlaub, Weiterbildung und Bildungsurlaub. Zunächst war ich mehrere Tage in Weimar, um mich zu Thema Zeugnisse Holocaust weiterzubilden. Nun könnte man sagen, dass eine Weiterbildung zu diesem Thema wohl kaum als Entspannung, geschweige denn als Urlaub durchgeht. Doch für mich, der über fast 3 Monate dauerhaft mit Kindern und Jugendlichen gearbeitet hatte, war das Zusammenspiel von hartem Wissen und anderen, erwachsenen Teilnehmer schon eine geistige Ablenkung. Es war etwas Neues, etwas Herausforderndes und vor allem eine Ablenkung vom Alltag meines Berufes. Am Ende waren es auch nur drei Tage und sie markierten die Zeit, die ich fern meines beruflichen Alltags mich mal wieder nur auf mich konzentrieren konnte. Vor allem, da ich die darauffolgenden zwei Wochen wirklichen, reinen Urlaub haben würde. Zunächst wollte ich, so war mein Ziel, bei mir zuhause renovieren. Ein ehrenhaftes Ziel, renovierte ich doch schon seit 2 Jahren an meinem Haus herum. Aber wie es so ist bei mir, es kommt immer etwas dazwischen und mein Hobby im Verein war ja auch noch ein Thema. Tja, als 2. Vorsitzender eines Vereins hatte man immerhin immer auch eine Verantwortung gegenüber seinen Mitgliedern. Ok, ich habe diesbezüglich gelernt, dass man sich auch dort vor zu aufdringlichen Menschen abgrenzen muss, aber mit unserem 1. Vorsitzenden Konstantin hatte ich auch einen kongenialen Vorstandskollegen, mit dem die Arbeit richtig Spaß machte. Wir waren wie das dynamische Duo der Vereinsarbeit und irgendwie fühlte sich unser Hobby manchmal für uns an, als würden wir ein riesiges Unternehmen führen oder mit der nächsten Veranstaltung die Welt retten. Es passte einfach!

Ich muss dazu sagen, dass Konstantin und ich uns schon etliche Jahre kannten, als er vor 4 Jahren zum neuen Vorsitzenden gewählt worden war. Mit 13 Jahren nahm er zum ersten Mal, damals noch als Teilnehmer, an meinen Jugendfreizeiten teil. So lief das die nächsten 5 Jahre, bevor Konstantin ins Betreuerteam wechselte. Ab diesen Zeitpunkt übernahm er auch Aufgaben im Verein, vor allem in der Jugendarbeit und aus einem Teilnehmer wurde ein Freund. Als Konstantin dann auch, ähnlich wie ich, beruflich in die Jugendsozialarbeit einstieg, wurde diese Freundschaft durch fachlichen Austausch noch intensiver. Daneben wurde Konstantin fast schon ein Teil meiner Familie, was bei all den gemeinsamen Aktionen, allem voran die vielen Freizeiten und Fahrten nach Schweden, nicht verwunderlich war. Egal ob Junggesellenabschied meines Bruders oder intensive Gespräch über unser beider Liebesleben, wir gaben uns gegenseitig Ratschläge, Konstantin war ein freundschaftlicher Teil meines geworden. Daher war es nicht verwunderlich, dass wir in schließlich für die sich überschneidende Urlaubszeit einen gemeinsamen Urlaub in Kroatien mit Zwischenstopp in Prag planten. Die Idee zu dieser Tour war spontan bei einem gemeinsamen Sanitätsdienst entstanden. Auch, was etwas komisch ist, weil ich mich zu diesem Zeitpunkt gegen die Offerten einer Verehrerin erwehren musste und Konstantins geplanter Urlaub mit einem Freund wegen fehlenden Urlaubes der anderen Begleiter ausgefallen war. So entschieden wir uns innerhalb von Stunden dafür, gemeinsam nach Kroatien zu fahren. Neben dem angenehmen wollte wir die Fahrt auch nutzen, um unseren Partnerverein vor Ort zu besuchen. Soweit der Plan, auf den wir uns sehr freuten und voller Vorfreude dem Ereignis entgegensahen. Scherzhaft machten wir schon Pläne, für wie lange die Selfies und Fotos dieses Urlaubs für unseren Social Media Auftritt reichen würde. Dabei schwankten wir zwischen 1-4 Monate Content. Da war noch alles in Ordnung, wobei mir Konstantin schon Sorgen machte. Nicht weil ich irgendwas erahnt hätte oder sich was andeutete, was seine seelischen Abgründe offenlegen würde. Konstantin wirkte nur überarbeitet auf mich. Eher ging ich von einem Burnout, einer beruflichen Überlastung, die auf den Körper schlägt, aus, als auf eine tiefsitzende Depression.

Nur drei Tage vor der Abfahrt dann aber die niederschmetternde Nachricht. Konstantin hatte sich wohl bei der Arbeit mit Corona angesteckt. Damit war ein Urlaub in Kroatien nahezu unmöglich geworden. Zwar sprachen wir uns ab, dass wir noch die verbleibenden zwei Tage abwarten wollten, Storno hätten wir so oder so schon zahlen müssen, doch auch dieses Warten änderte nichts an der Diagnose. Nun hätte ich auch allein losfahren können, brauchte ich nach einem mehr als anstrengenden Jahr, mit vielen persönlichen Tiefschlägen und beruflichen Anstrengungen auch dringend eine Auszeit, doch fand ich das in gewisser Weise unfair Konstantin gegenüber. Schließlich brauchte er den Urlaub aus meiner Sicht dringender als ich. Darin war aber auch das schon von mir angesprochene fehlender der eigenen Sicht der eigenen Fehlbarkeit und Verletzlichkeit.

So fuhr ich nicht und setzte meine Renovierungen zuhause fort. Für Konstantin lief es derweil schlechter. Durch die Corona Infektion holte er sich noch einen viralen Infekt, der ihn völlig aus der Bahn war. Statt entspannenden Urlaub mit Kaffee und Eis an der Strandpromenade, leckeres Essen in der Taverne auf der anderen Straßenseite oder dem Schwimmen im Mittelmeer am Abend, galt für ihn nun die triste Einsamkeit der eigenen vier

Wände. Statt sich von der stressigen Zeit bei der Arbeit mental und physisch zu erholten, nur die Möglichkeit auf dem Sofa zu sitzen, Medikamente zu schlucken und sich endlos dem Streaming hinzugeben. Etwas Abwechslung gab es dann für ihn, in der gemeinsamen Arbeit im Verein, blieben wir telefonisch oder per Chat fast täglich im Kontakt. Wenn man sich nicht über 1000km von seinen Aufgaben, und seien es die ehrenamtlichen im Verein, entfernt, dann holen sie einen ohne Kompromisse ein. So erging es uns beiden auch. Alles war im Grunde so, als wären wir gar nicht im Urlaub, sondern nur zuhause am Arbeiten.

Ende September stand dann bei mir noch der Bildungsurlaub in Berlin an. Endlich mal eine Veranstaltung, die ich nicht organisieren oder leiten musste. Einfach nur ein Teilnehmer unter anderen Teilnehmern, keine Verantwortung als nur mir selbst gegenüber. Man könnte es schon fast Urlaub nennen. Nichtsdestotrotz war ich immer noch mit Konstantin im Kontakt, schrieben uns gegenseitig Ideen zu, was wir in den nächsten Monaten und im nächsten Jahr so alles mit unserem Verein vorhatten. Auch eines unserer Lieblingsthemen, wenn auch bittersüß und aufgezwungen, die ständigen unnötigen Angriffe von unserem Dachverband und einem Nachbarverein, oder besser gesagten von einigen missgünstigen Mitgliedern dieser Gliederungen, war wieder mal Thema. Wie sehr dies an Konstantin nagte, war mir damals nicht bewusst, waren wir beide von diesen ständigen Angriffen doch genervt, aber an Aufgeben dachten wir beide nicht. Wie falsch ich doch lag, auch wenn es nicht der ausschlaggebende Punkt für Konstantins spätere Entscheidung war, so war ein einer von vielen kleinen Kieseln, die zu seiner finalen Entscheidung beitrugen. In unseren Gesprächen war diese aber nicht sichtbar und er gab sich siegessicher.

Während wir also in Berlin waren, schrieb Konstantin mir, dass er Mitte der Woche wieder zur Arbeit wollte. Meinen Eltern, die auch mit in Berlin war, und mir schien das zu früh zu sein. War er doch noch am Wochenende schwer angeschlagen gewesen und seine Erkrankung noch im vollen Gange. Er selbst sah das aber aus einer anderen, in Verantwortung gegenüber seinen beruflichen Schützlingen anders. Mit Ablauf seines regulären Urlaubs, oder besser gesagt, dem Zeitpunkt, wann dieser offizielle, ohne die Erkrankung, zu Ende gegangen wäre, wollte er wieder einsteigen. Das er körperlich und damit verbunden auch mental noch nicht in der Lage war, schien ihm egal. Er sah nur die Notwendigkeit, dass aufgrund des Personalmangels, er dringend gebraucht würde. Es würde schon gehen, hatte er mir noch geschrieben.

So kam es, dass ich einige Tage später, eben am Freitag, dem 29. September, meinem ersten Arbeitstag nach fast 4 Wochen Abwesenheit, ich mich auch mit den ersten Fragen zur Jugendfreizeit im kommenden Jahr beschäftigen musste. Wichtigster Punkt für mich, neben der Frage nach dem Transport oder der Unterkunft, war die Frage nach fähigen und guten Betreuern und Betreuerinnen. Da mir eine wichtige Betreuerin schon für den Sommer abgesagt hatte und dies nun auch für die zukünftigen Fahrten erweitert hatte, brauchte ich hier dringend zumindest einen erfahrenen Betreuer wie Konstantin. Nicht zu vergessen, dass die Fahrt zu einem seiner Traumziele an den Garda See zu einer Großveranstaltung des Roten Kreuz gehen sollte. Nur dass Konstantin auch erzählte hatte, dass er sich m kommenden Jahr beruflich weiter entwickeln wollte und auch im Verein kürzertreten müsste. Daher musste ich von ihm wissen, wie es nun mit der Freizeit stehen würde. Ohne ihn würde es kritische werden. Ein Verlust von Konstantin und Carola, so hieß die Betreuerin, die mir schon abgesagt hatte, würde die Fahrt ziemlich schwächen, wenn nicht sogar unmöglich machen. Zwar gab es gute Nachwuchskräfte, aber gerade Konstantin und Carola waren die Jahre zuvor das Rückgrat meines Teams gewesen. Nicht zu vergessen waren beide mit meine engsten Freunde und allein das würde den Spaß Faktor für mich bei der Durchführung erheblich schmälern. Ich brauchte also eine Antwort.

„Klar bin ich dabei, zu dem Zeitpunkt der Fahrt habe ich Semesterferien in meinem

Masterstudiengang und auch schon Urlaub bei meinem Arbeitgeber eingereicht und genehmigt bekommen" hatte er mir noch voller Energie am Telefon gesagt. Allgemein wirkte er voller Kraft, zwar noch stimmlich angeschlagen, aber merkbar auf dem Weg der Besserung. Im Nachhinein wird mir bewusst, dass er sich da schon entschieden haben musste, mich im Grunde anlog und die Energie aus einem anderen Grund da war. Aber egal was es nun war, es war das letzte Mal, dass ich meinen guten Freund Konstantin gesprochen habe, das letzte Mal, dass ich ihn lebend erleben durfte. In diesem Gespräch war er der Konstantin, mit dem ich seit Jahren zusammengearbeitet habe, mit dem ich noch so viel vorhatte. Der Konstantin, der immer für alle ein positives Vorbild gewesen ist und Menschen inspiriert hat. Leider war es auch der Konstantin, der nie wieder sein würde! Ein letztes Mal waren wir für die Zukunft am planen, wobei die Zukunft schneller vorbei war, als mir damals bewusst war.

Montag, 02. Oktober

Kennt ihr diese Tage, die Tage, an denen ihr aufsteht und schon von der ersten wachen, teils noch schlafenden Sekunde an wisst, dass dieser Tage etwas bringen wird. Ein Etwas, dass ihr noch nicht greifen könnt, noch wisst, was überhaupt der Auslöser für dieses Gefühl der Überlastung sein wird. Wenn ihr dieses Gefühl, solch einen Tag kennt, dann wisst ihr, was an diesem Montag bei mir los war.

An diesem Morgen nahm ich dieses Gefühl wahr, jedoch schob ich es auf die Menge an Sachen, die ich zu erledigen hatte. Zwar hatte ich den Tag beruflich frei, war es doch ein Brückentag und ich hatte ihn bewusst, direkt an meinem Urlaub angeschlossen, frei genommen. Keinen Urlaub, nein einfach mal die Menge an Überstunden abbauen, bevor es in den Herbstferien wieder maximal damit nach oben gehen würde. Aber frei bedeutet nicht immer frei von allem. Und wie der Zufall wollte, war ich noch Vermieter eine kleine Wohnung, in der eine Dame fortgeschrittenen Alters lebte. Dieser Zufall sorgte seit 2 Jahren regelmäßig dafür, dass immer dann, wenn ich entweder frei oder im Gegenteil wieder mal extrem viel bei der Arbeit zu tun hatte, meiner Mieterin irgendeinen Notfall hatte, der sofort zu erledigen sein müsste. So war es nun auch dieses Mal und mein Plan für diesen Montag bestand darin, eine neue Duschkabine in ihre Wohnung einzubauen. Das Material war da und der kommende Feiertag inklusive des heutigen Brückentages waren der ideale Zeitpunkt das ganze schnell zu erledigen und mich dann auf die stressige Herbstferienzeit vorzubereiten. Das zuvor beschriebene Gefühl beruhte, so kam es mir vor, eben auf dieser Pflichtaufgabe meines Vermieterlebens. Motiviert, wenn auch nicht wirklich, machte ich mich also auf, die letzten

Materialien beim Baumarkt, um die Ecke zu besorgen. Die Sonne schien und irgendwie freute ich mich auch etwas, die gestellte Aufgabe zusammen mit einem Kollegen abzuschließen. Es dauerte auch keine 30 Minuten und ich hatte Bauschaum, flexible Schläuche, Schrauben und Muttern sowie etwas Styropor im Einkaufswagen und war auf den Weg zur Kasse. Schnell die Selbstbedienungskasse benutzt und schon war alles in meinem Auto verstaut. Ein kurzer Blick auf meine Uhr ließ mich schmunzeln. Ich hatte alles so schnell erledigt, dass ich nun gut im Zeitplan lag. Daher entschied ich mich, die paar Meter weiter zu wandern und mich ins Einkaufzentrum nebenan zu begeben. Die Lust auf einen Kaffee trieb mich an und das Gefühl vom Morgen war wie weggeblasen, weit weg in die tiefsten Tiefen meiner Erinnerung verbannt und nicht mehr präsent.

Doch noch bevor ich die große, gläserne Eingangstür zum Einkaufszentrum erreicht hatte, kehrte dieses Gefühl zurück. Mit aller Wucht und mit einer fast kaltblütig wirkenden Gewalt, die man sonst nicht in seinem Leben kennt. Direkt vor der Tür bemerkte ich, wie mein Handy in meiner Hosentasche Alarm schlug, wild vibrierend auf den Erhalt einer Nachricht aufmerksam machte. Instinktiv, nicht ahnend welche Nachricht mich erwarten würde, griff ich in meine Tasche, zog das Handy heraus und öffnete die App und wollte sehen, wer mir geschrieben hatte. Licht verwundert bemerkte ich, dass es gar keine Nachricht auf WhatsApp handelte. Das fast automatische Öffnen der App zeigte nur einen leeren Eingangsordnung. Leicht verwirrt schloss ich die App, um dann festzustellen, dass die Nachricht über Messenger gekommen war. Nun ist Messenger nicht so ungewöhnlich, aber direkte Nachrichten, außer beruflichen, bekam ich da kaum noch. Irgendjemand hatte mich, also die Privatperson, angeschrieben.

Interessiert öffnete ich die Nachricht und bemerkte, dass sie von Konstantins großen Bruder gekommen war. Meine Verwunderung stieg, denn ich kannte ihn zwar, hatte aber kaum Kontakt zu ihm. Neugierig lass ich die Nachricht und sofort war dieses Gefühl vom morgen wieder da. Aus Neugierde wurde eine Mischung aus aufsteigender Kälte und dem Gedankengang, naja so schlimm ist es bestimmt nicht. Grund war der Inhalt der Nachricht, denn sein Bruder bat mich darum, mich schnellstmöglich bei ihm zu melden. In meinem Kopf wurde es schlagartig wirr, Gedanken rasten und die Kälte versuchte sich wie ein Schatten auf meine Seele zu legen. Dies gelang ihr aber nicht, zu massiv dran, fast schon wie ein Abwehrspieler einer Fußballmannschaft der einen angreifenden Stürmer den Weg abschnitt, meine immerwährende Hoffnung, mein Wille das Gute in allem zu sehen auf den Plan. Es wird schon nichts ein, ach es geht bestimmt darum, dass Konstantins Handy immer noch kaputt ist. Bestimmt lässt er mir das über seinen Bruder ausrichten. Garantiert ist der gerade wegen des Brückentages zu Gast und Konstantin nutzt die Situation, um mir das mitzuteilen. So oder so ähnlich hatte Konstantin es schon öfter mal gemacht und sein Handy war in der letzten Woche auch schon kaputt. Zwar hatte ich noch am Freitag mit ihn telefoniert. Mein Hirn war mir diesen Gedanken über alles hinweg, wollte mich damit beruhigen. Trotzdem wurde ich das mulmige Gefühl, diese Kälte im Hintergrund nicht los.

Also wählte ich die angegebene Nummer und wartete, an einem Elektrokasten nur 20 Meter vom Eingang des Einkaufszentrums entfernt angelehnt darauf, dass Konstantin sich melden würde. Einmal klingelte es, zwei Mal, schon wollte ich mir einreden, dass niemand ran ginge, da es doch nicht so wichtig sei, als sich Konstantins Bruder meldete. Das Gespräch, dass nur knapp 2 Minuten dauerte, brannte sich, wahrscheinlich für immer, in mein Gehirn. Vor allem der Anfang, nach dem ich ihm gesagt hatte, dass ich, also Jan am Telefon war, werde ich nie vergessen. Ein Satz, so oft in Filmen gesehen, so oft darüber nachgedacht und doch in seiner Aussagekraft so simpel und selbsterklärend. Das Brechen seiner Stimme, die Traurigkeit, vor allem aber die spürbare Ermüdung einer aussichtslosen Situation geschuldet eine war sofort darin erkennbar

„Ich muss dir leider sagen…". Ab diesen Moment war das Gefühl vom Aufstehen vollends da, begleitet von einer eisigen Kälte, die sofort und ohne die Möglichkeit einer Abwehr da. Fast schon gefühllos vernahm ich die Stimme von Konstantins Bruder und dem, was er mir gerade mitteilte. Mein Gehirn arbeitete, versuchte das gehörte zu verarbeiten, in eine Form zu giesen und ihm einen Sinn zu geben. Meine Augen wanderte dabei über den Platz vor dem Eingangsbereich des Einkaufzentrum, meine Arme drückten sich so fest auf den Elekrokasten, dass sich die raue Oberfläche in meine Haut prägte. Langsam, ganz langsam drangen seine Worte zu mir durch, wobei auch hier wieder sämtlich Abwehrspieler meiner Mannschaft losrannten und sich dem Sturmlauf des Gegners entgegenwarfen. Eine teils hilflose und vor allem dem Inhalt des Gespräches geschuldeten sinnlose Abwehrschlacht. Das Tor war unvermeidlich, die Frage war nur, wie schnell sich meine Mannschaft davon erholen würde und das Spiel, in diesem Fall meinem direkten, unmittelbaren Leben, hier direkt vor dem Einkaufszentrum, wieder in den Griff bekommen würden und nicht gleich das nächste Tor zuließen und das Spiel aus dem Ruder laufen würde.

Wie der erste Satz erwarten ließ, hatte mir Konstantins Bruder keine gute Nachricht zu überbringen. So erfuhr ich, dass man Konstantin am Abend vorher mit Hilfe der Feuerwehr und der Polizei bewusstlos und leblos in seiner Wohnung aufgefunden hatte. Mit immer wieder brechender Stimme erzählte mir sein Bruder, dass die ebenfalls vor Ort befindlichen Rettungskräfte Konstantin reanimiert hätte und er sofort auf die Intensivstation gebracht worden wäre. Dort läge er seitdem im Koma. Da Konstantin und ich so eng befreundet waren und wir auch zusammen im Ortsverein als Vorstand zusammenarbeiten würden, hatte man mich als einen der ersten angerufen. Meine Abwehrspieler, den ersten Sturmlauf zwar nicht verhindernd, nun aber sofort wieder auf ihrer Position, trennten den Gegner vom Ball und brachten Ruhe in das Spiel meiner Gedanken. Von der Seitenlinie rief der Trainer, mein Verstand, mit einer Sachlichkeit seinen Spielern zu und ich fing an, das Gespräch mit Diedrich, der Name fiel mir da erst wieder ein, fast schon tröstend zu führen. So fragte ich ihn, wie es ihm ginge, was nun anliege und eben all diese allgemeinen Dinge, die man in so einer Situation so sagt. Auch als Diedrich, merkbar hoffnungslos über den Zustand von Konstantin berichtete, arbeitete mein Gehirn daran, wieder alles in eine hoffnungsvolle Richtung zu lenken. Dies machte sich vor allem in meinen Worten an Diedrich bemerkbar, da ich ihm versuchte Hoffnung zu geben, ihn versuchte aufzumuntern. „Er ist eine Kämpfernatur, das wird schon, …" Eben diese fast standardmäßige Aussagen, die man den Verwandten und Angehörigen zuwirft, wenn man eigentlich nicht weiß, was man sagen soll. Koma, das war eben auch nicht so richtig greifbar. Wieder geprägt durch Filme und Medien war das etwas, was wie im Märchen von einem Tag auf den anderen zu Ende sein könnte, Konstantin einfach so aufwachen wurde. Leider aber auch, dass irgendwann die Geräte abgestellt würden und die Person nicht wieder die Augen aufschlägt, für immer geht. Oder, vielleicht noch viel schlimmer, jahrelang im Koma verbleiben würde. Während das Gespräch also noch lief, arbeitete es in meinem Kopf wie wild, Gedanken über Gedanken, Szenarien über Szenarien.

Wie schon erwähnt dauerte das Gespräch kaum 2 Minuten und ohne es bemerkt zu haben, war ich in dieser Zeit wieder zu meinem Auto gelaufen. Erst als sich Diedrich von mir verabschiedete, ich bat ihn noch mich auf dem Laufenden zu halten, fiel mir dies auf. Ohne ein großes Zögern steckte ich das Handy wieder in meine Hosentasche, setzte mich ins Auto und fuhr los. Wie auf Schienen ging es auf die Autobahn, die Auf- und Abfahrt wurde ohne wirkliche darüber nachdenken genommen und ohne ein Gefühl von vergangener Zeit stand ich auf dem Parkplatz am Haus meiner Eltern. Man sagt ja, Zeit ist relativ, für mich war sie auf der gut 10-minütigen Fahrt nicht existent. Mir war nur noch bewusst, dass ich etwa auf der Hälfte der Strecke, von einer Sekunde auf die andere in Tränen -ausgebrochen war. Hemmungslose und tieftraurige Tränen. So schnell diese Tränen aber gekommen waren, so schnell waren sie wieder verschwunden. Meine Abwehr war wieder dazwischen gegrätscht. Nein, du darfst keine roten Augen haben, darfst nicht trauern, alles wird gut, du wirst schon sehen. Tja, die Hoffnung verlässt mich eben nie, selbst jetzt nicht. Und dann war da noch was anderes, auch so typisch ich. Statt mich selbst über meine Gefühle zu reflektieren, rannten meine Gedanken wie ein 100 Meter Sprinter dem Ziel entgegen und ich begann darüber nachzudenken, wie ich es allen anderen beibringen müsste, wie ich das alles noch vor unseren Mitgliedern geheim halten könnte. Immerhin hatte mich Diedrich darum gebeten. Niemand, außer dem engsten Familienkreis und Freunden sollte davon erfahren. Die Familie bräuchte seine ganze Kraft um für Konstantin dazu sein. Kraft die nicht in die Beantwortung der Fragen der vielen Freunde und der Bekannten genutzt werden sollte. Wie schwer das werden würde, als ich dem zustimmte, war mir da noch nicht bewusst.

Nun stand ich am Haus meiner Eltern und lief, wie zuvor im Film, durch die Hintertür in die Küche und das anliegende Esszimmer meiner Eltern. Im Esszimmer, auf ihrem Ostfriesensofa sitzend, traf ich auf meine Mutter. Geräusche, die aus dem ersten Stock kamen, ließen mich vermuten, dass mein Vater sich oben in seinem Arbeitszimmer befand. Nur mit einem kurzen Hallo, zog ich meine Jacke aus und setzte mich an den Esstisch. Schweigend saß ich da und blickte ich mich nervös im Raum um. Sollte ich es ihr sagen? Oder sollte ich schweigen? Ich war mir nicht sicher. So saß ich da und versuchte den Blickkontakt zu meiner Mutter zu verhindern. Das half aber nichts, denn wie es nun mal so ist, erkennen Mütter immer, wenn es ihren Kindern nicht gut geht. Und mir ging es nicht gut. In meinem Kopf hämmerte es wie wild. Scheinbar versuchten die Gedanken zu Konstantins Koma sich eine extra breite Autobahn durch das Gebirge meiner Gedankenwelt zu sprengen. „Was ist los?" kam dann auch die Frage von ihr. Bevor ich aber ansetzen konnte, trat mein Vater in den Raum und begab sich direkt zu seinem Sessel neben dem Sofa meiner Eltern.

„Moment, lass Dad sich erstmal hinsetzen" antwortete ich ihr. Mein Vater sah auf und auch er wusste sofort, dass etwas vorgefallen war, dass mich komplett gefangen hatte. In den folgenden Minuten erzählte ich beiden von dem Gespräch mit Diedrich, dem bitteren Inhalte, der Türöffnung und dem Koma, in dem er sich jetzt befindet. Was mich dabei am meisten traf, war der Blick meiner Mutter, den ich in dem Moment bemerkte, als ich von dem Unglück um Konstantin erzählte. Da war dieses Blitzen in ihren Augen. Aber nicht dieses positive Blitzen, dass man bei der Verkündung eines Preises, eines Geschenkes, sondern ein Blitzen aus dem tiefen Gefühl der endlosen Trauer, der Hilflosigkeit in der Erkenntnis, dass etwas unausweichlich ist und wir nichts daran ändern können. Es brach mir fast das Herz, diesen tiefen Schmerz in ihr wahr zu nehmen. Ein Blick rüber zu meinem Vater ließ mich sehen, dass auch er in sich drinnen mit dieser bitteren Realität kämpfte und auch ihn der Schmerz erfasst hatte.

Doch sah ich dies nur ganz kurz, denn wie schon bei mir selber, nur Minuten zuvor, griffen auch bei meinen Eltern ihre seelischen Abwehrspieler an und die Hoffnung übernahm auch bei ihnen das Spiel. Immerhin, so beide, hieße ein Koma nicht, dass es automatisch zu Tode führen würde. Nein, Konstantin sei ein Kämpfer und er würde das Schaffen. Kollektiv wandelte sich unser Schmerz in eine Mischung aus Zuversicht und positiver Bestärkung. Hoffnung ist doch was Feines und sie kann einem aus dem schwarzen, dunklen Tal der eigenen Verlorenheit in nur ganz kurzer Zeit an dem sonnigen Strand einer positiven Wendung führen. Und da hatten wir noch Hoffnung.

Dienstag, 03. Oktober

Die Nachricht von Konstantins Koma hatte mich erst spät einschlafen lassen. Eine traumlose und recht kurze Nacht lag nun hinter mir und wir hatten versucht, die Dusche bei meinen Mietern weiter einzubauen. Ob nun durch Karma, Schicksal oder doch einer versteckten, in mir

schlummernden Kraft, war
unverständlicherweise einer der Glastüren der
Duschkabine, fast schon wie von Geisterhand
berührt, in Millionen von Teilen explodiert.
Einfach so und von mir mitten im Raum haltend.
Dies hatte den Einbau natürlich gestoppt und
mir einen unfreiwillig freien Tag verschafft.
Immerhin war es an einem Feiertag nicht
möglich, eine Ersatztür zu bekommen. Ohne war
ein Einbau nicht möglich.

Nun saß ich zum Kaffee bei meinen Eltern.
Natürlich war Konstantin das beherrschende
Thema. Mein Vater hatte bei Peter, Konstantins
Zwillingsbruder angerufen und hatte sich nach
dessen, aber auch Konstantin Befinden
erkundigt. Interessanterweise hatte Peter
erzählt, dass es keine Reanimation gegeben
hatte. Dies ließ die am Vortag bereits
aufkeimenden Hoffnung nochmal aufblühen und
wir redeten schon darüber, wie wir einen
genesenen, wenn auch beeinträchtigten
Konstantin an unserer Jugendfreizeit teilnehmen
lassen könnten. Wir machten uns also
ausführlich Gedanken, wie wir uns um
Konstantin und evtl. körperliche Probleme, die
er durch den Vorfall haben könnte, kümmern
würden.

Den Abend hatte ich extra etwas entspannter
geplant und ich ging mit Alexandra ins Kino. Der
Kinobesuch war schon vor dem Vorfall mit
Konstantin geplant gewesen, ein glücklicher und

enorm passender Zufall, lenkte es mich doch von all dem ab, was mich nun seit 24 Stunden beschäftigt hat. Es war ein schöner Abend mit Alexandra, wenn auch der Film nicht dem entsprach, was sie sich vorgestellt hatte. Ich konnte mich deswegen aber entspannt zurücklehnen, hatte sie ihn doch ausgesucht. Mir war es komisch vorgekommen, dass sie sich ausgerechnet einen knallharten Actionfilm ausgesucht hatte, aber wer weiß schon was Frauen wirklich wollen. Dass sie sich selbst bei dem Inhalt des Films versehen hatte, wurde uns dann schnell bewusst. Trotzdem hielt sie tapfer durch und ertrug die vielen Liter fließenden Blutes. Doch kaum waren wir dem Kino entschwunden und mein Handy hatte wieder Empfang, da trudelten die Nachrichten ein. Um genauer zu sein waren es zwei Nachrichten. Eine kam von meinem Dad, der mich warnte, dass ein Bekannter von uns bei ihm angerufen hatte und nach Konstantin gefragt hatte. Er hatte wohl über Umwege von der Türöffnung gehört und wollte nun wissen, was mit Konstantin los sei. Die zweite Nachricht war dann von eben diesem Bekannten, der mich per Sprachnachricht nach Konstantins Zustand befragte. Schwupps waren alle Gedanken wieder da, auch das Versprechen der Familie gegenüber, nichts und niemanden etwas von Konstantins wirklichen Zustand zu erzählen. Also überlegte ich kurz, am Eingang zum Parkdeck stehend, was ich Anton, so hieß unser Bekannter, mitteilen wollte. Alexandra schaute mich dabei etwas besorgt an, hatte ich ihr alles erzählt, bevor wir uns Kino gefahren waren. Ich entschied mich, dass ich zwar auf Konstantins vorherigen Erkrankung eingehen wollte, jedoch nichts von dem Koma erzählen würde. Anton würde keine Möglichkeit haben, den genauen Standort von Konstantin als komplett außenstehender zu erfahren. Und ich würde ihn nicht anlügen, wenn ich ihm vom Krankenhaus und meinen Hoffnungen auf eine baldige Genesung erzählen würde. Wie gesagt, ich war ja selbst der Meinung, dass Konstantin es locker schaffen würde.

So schickte ich ihm ebenfalls eine Sprachnachricht, auch, um es glaubwürdiger zu gestalten. In dieser ganzen Zeit stand Alexandra neben mir, ihre Hände auf meinen Schultern. Sie spürte wohl meinen inneren Zwiespalt, die doch noch tief in mir schlummernden Zweifel, dass alles doch nicht gut gehen würde. Kaum hatte ich die Nachricht beendet, nahm sie mich in den Arm und flüsterte mir ins Ohr, ob ich mit zu ihr kommen wolle. Einerseits überrascht, teils schon erregt, aber auch immer noch mit der seit dem Anruf von Diedrich in mir verbliebenen Traurigkeit nickte ich nur kurz. Die Nacht und diese zärtlichen Stunden in Zweisamkeit ließen mich vorübergehend all die Probleme um mich herum vergessen.

Mittwoch, 04. Oktober

Zwei Tage ist es nun her, dass ich davon erfahren habe, dass einer meiner besten Freunde, Konstantin nach einer Reanimation. Am Vormittag hatte ich selbst zu ersten Mal mit Peter telefoniert. Er hatte mich angerufen und vor allem über Angelegenheiten des Ortsvereins geredet. Scheinbar versuchte er sich mit diesen Arbeiten etwas abzulenken. Okay, am heutigen Nachmittag stand die Herbstblutspende an.

Nachdem ich Peter mehrfach meine Hilfe bei allem, und ich meine wirklich allem, angeboten hatte, verabredeten wir, dass wir uns regelmäßig zu Konstantins Zustand austauschen würden. Nach unserem Telefonat rief ich noch bei unserem Kreisverband an und nutzte die selbst Geschichte, die ich am Abend vorher bereits Anton erzählt hatte. Auch unsere Geschäftsführerin Anke sollte nichts vom wirklichen Zustand von Konstantin wissen. Nur dass er gerade gesundheitlich nicht in der Lage sei, die Geschäfte als Vorsitzender des Ortsvereins regeln könnte und ich das vorübergehend regeln würde. Und auch das war nicht gelogen, dachte ich doch wirklich, dass Konstantin die Geschäfte irgendwann wieder übernehmen würde.

Anschließend musste ich mich dann um die Blutspende kümmern, was sonst meine Eltern vornehmlich machten. Da beide aber schon am Tag zuvor in ihren jährlichen Herbsturlaub in Schweden abgereist waren, sie trafen sich da immer mit Freunden, musste ich mich darum kümmern. Naja, nicht zu vergessen, dass auch Konstantin eigentlich dafür eingeplant gewesen war. So kam es dann auch am Nachmittag dazu, dass ich, leicht angespannt, mit den Materialien an der Schule ankam, in der unsere Blutspende stattfinden würde.

Nach einem kurzen Gespräch mit dem Hausmeister begrüßte ich unsere ersten Mitglieder, die zum Helfen gekommen waren. Das Fehlen meiner Eltern, Konstantins, aber auch einer weiteren erfahrenen Dame, Olga ihr Name, machten sich schon beim Aufbau bemerkbar. Ich, nervlich nicht auf der Höhe und zwei Damen, recht neu dabei, gerieten schnell aneinander, da beide ohne Absprache meinten, die bestehenden Abläufe nach ihren Ideen umzugestalten. Dies führte zu einer Diskussion, in der ich leider sehr deutlich meine Autorität als Vorstand darstellen musste. Sprüche wie, das erzählen wir Konstantin, der ist ja eigentlich Chef, führten nicht unbedingt zu einer Beruhigung der Situation. Auch der Versuch eines Mitgliedes, schlichtend einzugreifen wurde mir maximaler Autorität von mir abgewiesen. Da ich aber jemand bin, der, sobald er etwas zu Ruhe kommt, sich selbst intensiv reflektiert, wurde mir die konfliktreiche Situation bewusst, die durch das Beharren auf meiner Autorität, ohne eine weitere Erklärung mit sich brachte. Ich entschied mich proaktiv auf meine Mitglieder zuzugehen und holte mir kurz vor dem Start der Blutspende fast das gesamte Team für eine Besprechung zusammen. Lediglich die Jugendlichen aus unserer Jugendgruppe schickte ich nach vorne zur Aufnahme, um dort aufzupassen. In Wirklichkeit wollte ich sie so lange wie möglich aus dieser Situation heraushalten. Immerhin war Konstantin ihnen allen bekannt und war oft genug bei Jugendgruppen als Betreuer unterwegs gewesen. Mit dem Thema einer geliebten oder besser gesagt beliebten Person wollte ich sie nicht so früh in ihrem Leben belasten. In unserer provisorischen Küche in einem der Klassenzimmer der Schule holte ich also alle zusammen. Dort erzählte ich ihnen, fast schon gebetsmühlenartig die bereits bei Anton und Anke genutzten Geschichte vom erkrankten, im Krankenhaus liegenden Konstantin. Zudem erläuterte ich allen damit meine leichte Anspannung am heutigen Tag, was ich zudem mit der Abwesenheit meiner Eltern und Olga sowie sehr viel Stress bei der Arbeit verbannt. Natürlich baten mich einige Konstantin alles Gute zu wünschen, wenn ich ihn sehen würde. Ich versprach dies zu tun, wohlwissend, dass es mich bei der möglichen Sinnlosigkeit schon belastete, ihnen nicht die Wahrheit sagen zu können. Und es wirkte, es wirkte wirklich, naja, zumindest bis auf einen Zwischenfall. Wobei ich glaube, selbst in absoluter Ruhe hätte ich ähnlich reagiert. Aber das gehört jetzt nicht hier her, denn der Konflikt, denn ich mit einem älteren Mitglied unseres Küchenteams hatte, ist, sachlich betrachtet, keinesfalls der Geschichte mit Konstantin geschuldet, als mehr meiner tiefsitzenden Verachtung von Arroganz und einem Drang eine Machtposition ohne wirkliche Berechtigung gegen andere durchzusetzen. Da greift dann, wie in diesem Fall, nein Gerechtigkeitsdrang komplett durch. Vor allem, da an diesem Nachmittag, fast direkt nach dem Treffen mit meinem Team ein Zustand bei mir einsetzte, der bis Anfang November anhielt. Ich fiel in eine selbstschützende Ruhe, eine Form von mentaler und körperlicher Erschöpfung, die man nur erlangt, wenn man sich entscheidet, die eigenen Gefühle runterzufahren, sich der erschöpfenden Situation hingibt und sie für sich akzeptiert. Betreuer auf unseren Jugendfreizeiten kennen das. Meist tritt es an den letzten Tagen ein, wenn man zu wenig Schlaf hatte, die Aufgaben aber erledigt werden müssen und man weiß, dass man noch die mega anstrengende Rückfahrt vor sich hat. Ähnlich dem Punkt, wenn man als Sanitäter früh morgens den Dienst überstanden hat, total müde ist, aber noch kurz den Kollegen hilft, weil es einfach notwendig ist. Ich wurde nicht gleichgültig, ich fiel in eine äußerliche, pflichterfüllende Ruhe. Meine Müdigkeit war nicht länger wichtig, nur die Aufgabe zählte. So führte ich Gespräch über Gespräch mit einzelnen Mitgliedern, immer wieder darauf bedacht, die offizielle Geschichte, um Konstantins Zustand zu halten und nicht aus Versehen zu verraten, was wirklich los sei.

Immerhin sollte auch niemand von ihnen etwas Falsches, oder besser gesagt, was Richtiges weitererzählen. Das Versprechen an die Familie wog schwer auf meinen Schultern, doch war es für mich auch selbstverständlich und ohne einen Kompromiss eine selbstverpflichtende Aufgabe, der ich mich ohne Zweifel stellte. Dem einen oder anderen zeigte ich zwar meine Sorgen, doch damals dachte ich noch, dass es anders enden würde.

05. Oktober

Die Blutspende am Tag zuvor war semigut gelaufen, es kamen weniger Spender als erwartet. Zudem hatte es einige Probleme im Team geben. Trotzdem war ich in einem Ruhezustand, der bereits direkt im Anschluss an die Blutspende eingetreten war. Nun am vierten Tage von Konstantins Koma war ich komplett in diesem Zustand verfallen. Vormittags hatte noch weitere organisatorische Dinge geregelt, wie z.B., dass die Post einige Abteilungen unsere Hilfsorganisation, wie z.B. der Blutspende oder der mit uns kooperierenden Vereine in der nächsten Zeit über mich laufen würde. Genesungsglückwünsche an Konstantin nahm ich freundlich lächelnd entgegen, wohlwissend, dass Konstantin sie wohl nie bekommen, geschweige denn wahrnehmen würde.

Nach etwa 3 Stunden wiederholten Darstellungen, wieso ich momentan die

Geschäfte übernehmen würde und dem Erzählen der Krankheitsgeschichte von Konstantin fuhr ich fast wie normal zur Arbeit. Nach fast einem Monat mit Urlaub, Bildungsurlaub und Fortbildung, war es mein erster Tag nach langer Zeit. Im Freizeitzentrum angekommen, bemerkte ich, dass ich viel früher als gewohnt angekommen war. Meine Assistentin und meine FSJler waren noch nicht da und so setzte ich mich erstmal an meinen Dienstrechner und überprüfte meine Mails. Statt mich aber durch die Arbeit abzulenken, war gleich eine der ersten gelesenen Mails ein direkter Bumerang zurück in die Zusammenhänge mit Konstantin. Gleich zwei Teilnehmerinnen unserer zurückliegenden Sommerfreizeit in Schweden hatten mir geschrieben und sich vorangemeldet für die Freizeit im kommenden Jahr. Mir wurde da schlagartig bewusst, dass wir verkündet hatten, dass wir ab Oktober die neue Freizeit planen, was ja auch der Fall gewesen war. Mein letzter Kontakt zu Konstantin war nur deswegen gewesen, seine erneute Teilnahme zu verifizieren und mir dadurch Planungssicherheit zu geben. Diese Planungssicherheit, das wurde mir anhand der Mails der beiden Mädchen bewusst, gab es nun nicht mehr. Nichts war sicher, denn bereits eine Woche vorher hatte mir Carola, eine enge Freundin und jahrelange Betreuerin mitgeteilt, dass sie nie wieder mitfahren würde. Eins kam mir in diesem Moment ebenfalls in den Sinn: Wie erkläre ich

Carola das Ganze. Carola, mit der Konstantin und ich so eng und so harmonisch als Betreuer auf den Jugendfreizeiten zusammengearbeitet hatten. Dieselbe Carola, die aus mir noch unerfindlichen Gründen im Sommer komplett mit Konstantin und mir gebrochen hatte. Ein wirkliches wieso kannte ich bis dahin nicht, wenn auch es seit gut zwei Wochen eine gewisse Annäherung per Chat gegeben hatte. Im Sommer hatte das noch anders ausgesehen. Hatte Carola zunächst im Frühjahr mit mir wegen Belanglosigkeiten und Fehler von uns beiden, das muss ich leider zugestehen, eine komplizierte Phase. Man muss dazu sagen, dass Carola und ich in den letzten drei Jahren eine sehr intensive Freundschaft entwickelt haben. Vor allem da wir mehrfach gemeinsam Städtetrips und Reisen unternommen hatten, bei denen wir immer ein Bett geteilt hatten. Dabei war aber nie etwas passiert, denn wir waren eben beste Freunde. Bei einem Urlaub im Januar war es aber nachts zu einer Situation gekommen, die mich denken ließ, dass Carola Gefühle für mich entwickelt hatte. Da ich aber damals dachte, sie rede im Schlaf und träume, hatte ich nichts riskiert und versucht ihr näher zu kommen. Mir war eben, so dachte ich es, unsere Freundschaft wichtiger als der Versuch auf eine körperliche Annäherung, von der ich nicht mal wusste, ob sie es wirklich so dachte. Das Thema hatte sich dann auch bald erledigt, denn schon im April auf einer gemeinsamen Tour mit anderen Betreuern nach Schweden, war sie mit einem anderen liiert. Das ich es wusste, war ihr aber nicht bekannt und trotzdem, oder genau deswegen hatten wir eine entspannte Zeit als gute Freunde. Leider hielt das nicht lange und schon kurz nach dem Trip nahm sie Abstand von mir und auch ich hatte privat einige Rückschläge zu verkraften. Nachdem sie mir dann kurzfristig für die Freizeit als Betreuerin abgesagt hatte, ich leider etwas zu emotional reagiert hatte, war dann komplett Funkstille zwischen uns. Anders stand es da noch mit Konstantin. Aber auch dies änderte sich dann während Konstantin und ich auf Freizeit waren. Ohne dass wir wussten, was überhaupt los war, griff Carola uns an. Irgendwas war vorgefallen, hatte sie schwer emotional verletzt und irgendjemand hatte ihr vermittelt, dass ausgerechnet wir beide daran schuld seien. Dabei waren es gerade Konstantin und ich, die uns Sorgen um sie machten.

Ab August schrieben Carola und ich dann wieder, wenn auch immer noch mit dieser mir unbekannten Geschichte im Hintergrund. Stück für Stück und für mich einen sehr emotionalen Weg lang, näherten wir uns wieder an. Wie gesagt, mir war die Freundschaft zu ihr sehr wichtig und ich wollte sie als einen der wichtigsten Menschen in meinem aktuellen Leben nicht einfach so verlieren. Über diesen Weg erfuhr ich so einiges, was dann auf Carola und ihre damalige Wut auf mich Sinn ergab. Ich erkannte, dass es eine Person aus meinem

Bekanntenkreis gegeben hatte, die sich wohl mehr als nur freundschaftlich für mich interessierte, okay, das wusste ich schon länger. Dieses Interesse hatte aber wohl dazu geführt, dass sie Carola als Konkurrenz ansah und sich nun ihr Vertrauen erschlich, um dann mit falschen Aussagen zu Konstantin und mir die Konkurrentin aus dem Weg zu räumen. An diesem Tag, als ich darüber nachdachte, wie ich es Carola mitteilen sollte, hatte ich aber nur eine Vermutung, denn Carola hatte nie mit mir darüber gesprochen. Und genauso wenig hatte ich mit anderen darüber gesprochen. Aber gewisse Verhalten und das Kombinieren von Abläufen und zufälligen Informationen zeigen ein eindeutiges Bild. Das dies später noch klarer werden würde, war mir da aber nicht bewusst.

Ich saß nun also im Freizeitzentrum und mit den Gedanken an Carola kam auch die Realisierung, dass ich zum einen keine Betreuer mehr hatte. Davon mal abgesehen, dass ich das demnächst stattfindende Nachtreffen der Sommerfreizeit mit allen Teilnehmern so nicht durchführbar sein würde. Ohne die zurzeit in Kanada weilende Betreuerin Miriam wäre es zwar blöd gewesen, aber ohne Konstantin schien es mir unmöglich. Zumal ich dann dort, um die 40 Personen Auge in Auge das Koma von Konstantin zu verschweigen und die offizielle Geschichte zu erzählen. Ein Fakt, den ich nicht sah. Ich könnte kein Nachtreffen durchführen, gute Laune versprühen, wenn Konstantin auf der

Intensivstation im Koma liegt. Und wie sollte ich da auch noch die Freizeit für das nächste Jahr verkünden, was traditionell immer so gemacht wurde. Eine Freizeit, von der ich nicht sicher war, ob ich sie durchführen wollte oder überhaupt mental könnte. Immerhin war das Ziel für das nächste Jahr ausgerechnet Konstantins Wunschziel gewesen. Und in diesem Moment wurde meine schweigende Ruhe, dieses Gefühl der Leere, dass ich in mir breit machte, wieder da und ich begann wie automatisch mit Logik auf die Situation zu reagieren. Logik, die mir sagte, dass ein Nachtreffen ohne 2 von 5 Betreuern nicht möglich wäre. Eine Logik, die sagte, die Freizeit ist nicht durchführbar im nächsten Jahr. Eine Logik, die mir vorgab, das Nachtreffen abzusagen und so vielleicht noch etwas Zeit zu haben, die sich abzeichnende Absage der kommenden Freizeit noch etwas zu verarbeiten. Fünf Minuten später hatte ich das Nachtreffen auf Januar des kommenden Jahres verschoben, wieder mit der Begründung auf Konstantins Erkrankung ergänzt mit der Kanadareise von Miriam. Mein erster Arbeitstag im Freizeitzentrum verlief ansonsten wie immer, das Programm für die Herbstferien wurden im Team besprochen, die Mädchengruppe fand statt und ich beantwortete die zahllosen Mails, die während meiner Abwesenheit im September aufgelaufen waren. Aufgaben und Probleme gab es eben beruflich ausreichend, auch ohne das Problem mit Konstantin.

06. Oktober

An sich verlief dieser Tag wie ein ganz normaler Tag. Ich schlief recht lang, fütterte dann die Katzen meiner Eltern, trank einen Kaffee und fuhr zur Arbeit. Dort angekommen sprach ich mit meiner Assistentin über die kommenden Herbstferien und erledigte meine Aufgaben im Freizeitzentrum. Kurz vor ich Dienstschluss hatte, rief mich dann Peter nochmal an.

Wie er mir erzählte, gab es wohl hoffnungsvolle Zeichen und sofort kam auch bei mir wieder Hoffnung auf. Peter erzählte, dass Konstantin auf Ansprache und Personen im Raum reagieren würde. Dies sahen die Ärzte als gutes Zeichen und man hoffte auf ein baldiges Aufwachen. Endlich nach den Tagen voller Bangen und warten ein gutes Zeichen. So fuhr ich dann auch mit einem guten Gefühl nach Hause und genoss den Abend gemütlich mit Alexandra, die noch vorbeigekommen war. Es schien fast so, als würde doch noch alles gut werden. Es schien eben nur fast so...

Samstag 07.10.

Der ganze Samstag verlief recht ruhig und ich konnte endlich etwas durchatmen. Ich nutzte das, um mich wieder um die immer noch fehlende Dusche meiner Mieterin zu kümmern. Bisher hatte sich der Baumarkt nicht wegen dem Ersatzteil gemeldet und daher fuhr ich direkt mal vorbei. Die komische Ruhe, die mich seit Tagen erfasst hatte, bestand trotz der leichten Entspannung immer noch, was beim Gespräch im Baumarkt einen gewissen Vorteil mit sich brachte. Die Mitarbeiterin war sehr umgänglich und auch ich war fast schon tiefenentspannt. Resultat war, dass nach einem kurzen Telefonat ihrerseits, mir das Ersatzteil für den kommenden Montag zu versprechen. Zufrieden mit der Antwort fuhr ich wieder nach Hause und legte mich erstmal zu Entspannung in die Badewanne. Zusätzlich goss ich ein Erkältungsbad hinein, schleppte ich schon seit Tagen eine hartnäckige Erkältung mit mir herum. Diese hatte schon vor der Geschichte mit Konstantin angefangen, ich war mir aber sicher, dass sie durch den Stress der Woche sich noch verstärkt hatte. Der Rest des Tages verlief dann genauso entspannt.

Am Abend hatte ich für einen Sanitätsdienst bei einem Oktoberfest in unserem Einzugsbereich zugesagt Zusammen mit einigen meiner anderen Sanitätern aus dem Ortsverein trafen wir uns bereits um kurz nach 20 Uhr und begannen uns für den Abend und die womöglich lange Nacht einzurichten. Was ich nicht berechnet hatte, war, dass natürlich auf dem Fest auch Personen anwesend waren, die Konstantin kannten. Und nach einer Woche hatten sich schon so einige Gerüchte über seinen Gesundheitszustand rumgetragen. So kamen, im Laufe der gesamten Veranstaltungen so einige Männer und Frauen bei mir an, die wissen wollten, wie es ihm ginge. Langsam in einer gewissen Übung spulte ich die Geschichte herunter, die ich schon so oft erzählt hatte. Lediglich unserem Bereitschaftsleiter Andreas nahm ich später am Abend zur Seite, zog ihn weg von den anderen Mitgliedern und weihte ihn die Angelegenheit etwas genauer ein. Es sah zwar gut aus, die letzten Nachrichten bezüglich Konstantin waren ja positiv, aber ich musste davon ausgehen, dass Konstantin nicht so schnell oder überhaupt nicht zurückkommen würde als Vorsitzender. Deswegen war es umso wichtiger, langsam die Funktionsträger in unserem Ortsverein einzuweihen. Ich musste, als Konstantins Vertreter, nun die Geschicke des Ortsvereins auf nicht absehbare Zeit lenken.

Klar war Andreas geschockt, aber er meinte nur zu mir, dass er schon mit so etwas gerechnet hatte. Meine schwammige Erklärung über Konstantins Abwesenheit, dessen fehlende Social Media Präsens, er war sonst täglich mit Stories dabei, hatte schon schlimmeres vermuten lassen. Auch meine offen getragen Ruhe, die fast kalte Sachlichkeit war ihm schon aufgefallen. Ein Jan, der immer ruhiger wird und nicht wie sonst auch mal explodiert ist für einige ein seltsames Verhalten meinerseits. In Verbindung, mit der doch etwas mysteriösen Erkrankung von Konstantin ließ, nichts Gutes vermuten. Mir selbst wurde da zum ersten Mal bewusst, dass ich auch für Außenstehende eine Veränderung meines Wesens vorgenommen hatte. Sorgen machte mir das nicht, war mir doch klar, dass es an der momentanen Situation hing und es mir im Grunde mental gut ginge, nur eben eine Erschöpfung durch dieses Runderfahren abgewendet werden sollte. Ich befand mich eben in einem Schutzmodus, aus dem ich, nach getaner Arbeit, wieder herausschlüpfen würde. Wann dies der Fall sein würde, das wusste ich aber selbst nicht. An diesem Abend beim Oktoberfest ging es mir aber auch nicht schlecht, im Gegenteil, es tat sogar gut als Sanitäter aufzutreten und Andreas etwas mehr einzuweihen. Erschöpft fiel ich um 4 Uhr morgens nach getaner Arbeit ins Bett und schlief erstmal richtig aus.

Sonntag, 08. Oktober

Der Sonntag verlief ruhig, ich telefonierte nur kurz mit meinen Eltern. Nachmittags fuhr ich in die Innenstadt und genoss einen Kaffee bei den letzten Sonnenstrahlen des Herbstes.

Anschließend fuhr ich zu Carola. Ich hatte mich entschlossen ihr von Konstantins Koma zu erzählen, obwohl ich mir noch immer nicht sicher war, wie sie zu ihm stand. War sie noch sauer auf ihn und würde die Nachricht einfach abtun oder wäre sie tief betroffen? Riskierte ich mit dem unangekündigten Besuch das Aufkeimen unsere brüchige Freundschaft? Alles drehte sich bei mir um diese Frage, als ich vor ihrer Tür stand. Gedanken, die sich weiterdrehten, ohne eine Antwort, denn Carola schien nicht zuhause zu sein. Zweimal hatte ich geklingelt und es gab keine Reaktion. Einerseits erleichtert dem Gespräch entkommen zu sein, anderseits die Fragen vor sich hinschiebend führte mich mein Weg nicht direkt nach Hause. Stattdessen fuhr ich noch an den Deich, um etwas frische Luft zu schnappen. So etwas tat mir schon immer gut und auch dieses Mal erzielte es den gewünschten Effekt.

Montag, 9. Oktober

Keine neuen Nachrichten von Peter oder irgendjemand anderen zum Zustand von Konstantin. Das konnte zum einen nichts Schlechtes bedeuten, aber auch nicht gutes.

Ohne diese Belastung machte ich mich wieder an den Einbau der Dusche bei meiner Mieterin. Andreas, unser Bereitschaftsleiter hatte sich angeboten, mir zu helfen. Nachdem ich schon früh am Morgen das Ersatzteil vom Baumarkt geholt hatte, legten wir noch vor dem Frühstück mit dem Einbau los. Schnell hatten wir die ersten Arbeiten erledigt und auch das Ersatzteil explodierte dieses Mal nicht in meinen Händen. Alles verlief gut, aber so ein Einbau dauert doch länger als gedacht. Irgendwann mussten wir gegen 14 Uhr aufhören, da sowohl Andreas als auch ich zur Arbeit mussten. Meiner Mieterin gefiel das natürlich nicht, aber es ließ sich nicht anders regeln. Zumal ich ihr einen Nachlass auf die Miete für die Zeit ohne Dusche zugesagt habe.

Um 20 Uhr rief mich dann Peter nochmal an, um mich auf den laufenden zu halten. An Konstantins Zustand hatte sich nicht wirklich was geändert, sodass aus der anfänglichen Hoffnung eines schnellen Aufwachens nun die Resignation kam, dass es sich doch etwas hinziehen könnte. Bei Peter und seiner Familie schlug diese Resignation schon in eine negative Sichtweise Konstantins Gesundheitszustandes. Peter äußerte schon Bedenken, ob Konstantin sich in einem „Close in „, dem in den eigenen Gedanken gefangenen Zustand, in dem man alles um sich herum wahrnimmt, aber nicht in der Lage ist, sich dieser Welt durch Sprache oder körperliche Bewegungen bemerkbar zu machen, eben bei vollem Verstand in einem leblosen Körper gefangen zu sein. Als Peter diese Gedanken äußerte, lief es mir eiskalt den Rücken runter. Allein der Gedanke an so ein Leben, sei es für mich selbst und auch für Konstantin schien mir unerträglich. Nur seinen Geist zu haben, sich immer nur in seinen eigenen Gedanken zu verweilen, in immer wieder kehrende Erinnerungen zu schwelgen, ohne auch je wieder neue Erinnerungen zu schaffen, dieser Gedanke ließ Tränen mein Gesicht runter rollen. So saß ich, dicke Tränen die Wange runter laufend auf meinem Sofa und war froh, dass Peter oder sonst irgendjemand das gerade nicht sehen konnte. Ich musste doch stark bleiben. Für Konstantin, für seine Familie und einfach für alle, die jetzt meine Hilfe gebrauchten. Verbunden durch das Telefonnetz konnte ich Peter Ängste spüren, so als wären es meine eigenen und gleichzeitig musste ich sie von mir wegdrängen, um ihm und anderen Beistand zu geben. So schluckte ich all meine eigenen Schmerzen runter, drängte die negativen Gedanken in die hinterste Ecke meines Verstandes und fing an, Peter durch positive Äußerungen etwas aufzubauen. Hoffnung ist in solcher Situation enorm wichtig und so sprach ich Peter gut zu und versuchte ihn von den negativen Gedanken weg zu drücken. So endete unser Gespräch damit, dass ich ihm, wie schon so oft, meine volle Unterstützung anbot und sagte, dass das mit Konstantin schon gut gehen würde. Ein Angebot, dass aus tiefen Herzen und völlig ernst gemeint war. Genauso tief in mir drinnen wanderten die negativen Gedanken zum Close In meine nächtlichen Träume und bescherten mir eine ruhelose Nacht voller Träume, an die ich mich nicht mal erinnern kann. Nur dass ich immer wieder wach wurde, nie in die Tiefschlafphase kam und mich am Morgen wie gerädert fühlte.

Dienstag, 10. Oktober

Zum Frühstück hatte ich ein Treffen mit Frank. Seit 3 Jahren organisierten wir beide einen

Wunschbaum in meiner Gemeinde. Frank als Mitarbeiter des Jugendamtes, ich als Vertreter des Ortsvereins. Schnell hatten wir unsere Punkte abgehakt und natürlich kam das Gespräch auf Konstantin. Da ich Frank vertraute, weihte ich ihn in die gesamte Geschichte mit dem Koma ein.

Nachdem ich den ersten Termin beendet hatte, immer noch müde von der ruhelosen Nacht, machten sich Andreas und ich daran, die Dusche final einzubauen. Zwar gab es noch das eine oder andere kleinere Problem, aber am frühen Nachmittag hatten wir alles fertig. Sichtlich zufrieden machte ich mich auf den Weg zur Arbeit. Bevor ich aber ins Freizeitzentrum fuhr, machte ich einen kleinen Umweg, um bei Carola vorbeizuschauen. Es war mir wichtig, ihr das mit Konstantins Koma persönlich zu erzählen. Bei ihr angekommen, war ihr Auto aber nicht da, sodass ich, ohne groß zu halten weiter zur Arbeit fuhr.

Am Abend fuhr ich nochmal bei Carola vorbei, aber ihr Auto war immer noch nicht da.

Zuhause schrieb ich dann unsere Vorstandsmitglieder an, da ich mich entschlossen hatte, nun offiziell mit ihnen Konstantins Koma zu besprechen. Wir mussten so oder so Entscheidungen treffen, besser früher als später. Als Termin hatte ich mir den Mittwoch der kommenden Woche vorgeschlagen. So hatte jederzeit, sich vorzubereiten und wer weiß, vielleicht gab es dann schon bessere Neuigkeiten über Konstantin.

Mittwoch, 11. Oktober

Es gibt so Tage, die entspannt anfangen, du die Sonne strahlend aufgehen siehst und einfach denkst, ab jetzt wird alles besser. Das sind die schönen Tage, die, an denen du ganz entspannt zur Arbeit fährst, selbst die Fahrt ein Highlight ist und du die vorbei rauschende Landschaft einfach nur genießt, genießt wie die Strahlen der Sonne über die Weiden wandern, sich auf dem Wasser des Sees spiegeln, der an der Autobahn liegt. Alles scheint so friedlich, so perfekt, so den Problemen der Welt entrückt, dass man fast alles und jeden vergisst. Bestimmt kennt ihr solche Tage und ich befand mich nach den letzten sehr anstrengenden Tagen auch mal in diesem Modus. Insgesamt hatte ich in den letzten 8 Tagen ganze 15 Anrufe wegen Konstantin bekommen, dazu noch genauso viele Nachrichten per WhatsApp oder Messenger. Alle wollten wissen, wie es ihm ging und allen habe ich die Geschichte vom Infekt und dem Aufenthalt im Krankenhaus erzählt. Seit dem Wochenende hatte sich dann etwas geändert, denn es war offensichtlich geworden, dass Konstantin nicht so schnell genesen würde, sodass ich, in Absprache mit Peter als Sprachrohr der Familie, einigen gezielten

Personen auch der wirkliche Zustand, also das Koma, weitergetragen wurde. Nun am achten Tag an dem Konstantin im Koma lag, schlich sich so etwas wie eine allgemeine Resignation der Situation, eine Art Waffenstillstand mit diesem Schicksalsschlag, eben einfach eine Realisierung, dass es so ist wie es ist, bei mir ein. Verbunden mit der bereits bestehenden inneren Ruhe, der Abschaltung der Gefühle und der Wahrnehmung meiner Pflichten befand ich mich nun schon fast in einer entspannten inneren Haltung. Irgendwie würde man das ganze schon hinbekommen.

Im Freizeitzentrum angekommen, verlief der Arbeitstag auch ohne weitere Vorkommnisse. Ich fing sogar an, etwas an der Jugendfreizeit im nächsten Jahr zu arbeiten, eine Mail an die Unterkunft zu schreiben, die wir nutzen wollten oder eine Anfrage wegen eines Mietwagens zu verfassen. In gewisser Weise befand ich mich mental auf dem Weg, die Situation für mich in eine zukünftige Bahn zu lenken, fest davon ausgehend, dass Konstantin da irgendwie involviert sein würde.

Solche Tage, an denen man die Zukunft plant, zur Ruhe kommt und du nach Tagen des Regens endlich wieder die Sonne sieht sind so schön. Nur was ist, wenn schlagartig die Sonne verschwindet, der Regen nur noch kräftiger fällt und der Himmel schon schwarz von Wolken wird? Fallen wir dann nicht umso härter, schwindet nicht nur die getankte Sonne des

Tages, sondern auch jede vorherige Reserve des Glücksgefühls? Tja, genauso ging es mir an diesem Tag.

Nach dem sonnigen Tag tauchten am Abend wieder die dunklen Wolken in meinem Leben auf. Gerade noch plante ich eine positive Zukunft, dachte ich hätte es wieder mal geschafft und würde alles lösen können. Ein Anruf und alles war wie in Säure aufgelöst, zerstört in einer einzigen Sekunde. Kaum zuhause angekommen, mich gemütlich in meinen Sessel fallen gelassen, ging auch schon mein Handy. Es war Peter. In meiner Gefühlslage, dem sonnigen Tag geschuldet, erwartete ich eine frohe Botschaft, dass Erwachen von Konstantin aus dem Koma. Wie man sich doch irren kann. Ohne dass er mir sagte, was los war, allein der Tonfall seiner Stimme lies meine Sonne schlagartig untergehen und mein Verstand sah das Gewitter aufziehen.

Mit gebrochener Stimme teilte mir Peter mit, was meine Seele wahrscheinlich von Anfang an wusste, ja womit ich tief in mir schon gerechnet hatte. Ich spüre wie bei jedem seine Worte, je näher er der Wahrheit kam, sich nach Tagen der Entspannung meiner Abwehrspieler wieder in Position brachten. Wie eine Mauer bauten sie sich vor dem Tor auch und erwarteten jeder Sekunde den erbarmlosen Sturmlauf des Gegners. Und dann kamen die Worte, die ich nicht hören wollte:

„Wir haben uns entschieden ihn gehen zu lassen!"

Ein kleiner Satz, der meine ganze Welt auf den Kopf stellte, mich tief in die emotionale Krise warf, mir Übelkeit bereitetet und mich innerlich zerriss. Und doch, die Abwehr stand, es fiel kein Tor. Nur in einem Bruchteil einer Sekunde war ich wieder die emotional ruhige Person, deren einzige Aufgabe es war, für die anderen da zu sein und ihnen Kraft zu geben. In dieser einzigen Sekunde war meine Zukunft ans andere Ende der Galaxie entschwunden und nur das jetzt und hier zählte noch. Im folgenden erläuterte Peter mir alle Umstände, dass die Ärzte keine Hirnfunktionen mehr feststellen könnten, dass er nur eine Hülle übriggeblieben wäre und dass seine Familie sich zu diesem Schritt entschieden hatte. Infolgedessen waren die künstliche Ernährung und sämtliche anderen medizinischen Zugänge abgenommen worden waren. Da Konstantin noch selbstständig atmen würde, wüsste aber niemand, wann er endgültig von uns gehen würde. Endgültig von uns gehen würde, diese Feststellung eines unvermeidlichen Endes kroch nun unter meine Gedanken und nistete sich dort hartnäckig ein. Doch bevor ich mit meinen Gedanken allein sein würde, setzte wie schon gesagt meine Abwehr ein und ich begann, wie schon zuvor, Peter meine Hilfe anzubieten, ihm gut zuzureden und zu vergewissern, dass ich jederzeit für ihn und seine Familien da sein würde. Während ich das tat, arbeitete mein Gehirn schon an den nächsten Schritten. Wen würde ich informieren, wen nicht, wie würde ich dabei vorgehen, wie würde ich damit umgehen.

Nach dem Gespräch arbeitete mein Gehirn wie wild, wobei ich mich wieder zurück geworfen fühlte in den Zustand der emotionalen Verwirrtheit gepaart mit einer bestandlosen Ruhe. Kurz lenkte ich meine Gedanken auf meine eigene Trauer, ob ich einfach losheulen sollte oder wie ich mich fühlen würde. Das Resultat war, dass mich eine unvermeidliche Übelkeit überkam. Statt mich meinen Tränen hinzugeben, musste ich ins Badezimmer rennen und mich dort übergeben. Mein Körper streikte regelrecht und musste das Gift in mir loswerden. Nicht durch Tränen, nicht durch Schreien, nein wie bei einer körperlichen Vergiftung musste, ich mich übergeben und das Gift aus meinem Körper entfernen. Die Fassungslosigkeit, die Trauer wurden regelrecht zu einer körperlichen Erkrankung. Diese Erkrankung dauerte ganze 10 Minuten und nachdem ich nichts mehr in meinem Körper hatte, was sich durch das Übergeben entfernen ließ, wusch ich mir den Mund ab und schwankte total erschöpft und leer im Kopf zurück ins Wohnzimmer. Der Fernseher lief noch, doch was es genau war, nahm ich nicht wirklich wahr. Wie in Trance setzte ich mich in den Sessel, meine Katze Sherazan kam und rein aus Reflex und Gewohnheit als aus bewusster Handlung begann ich sie zu streicheln. In diesem Zustand der Ohnmacht muss ich mehrere Minuten gesessen haben. Ich sage bewusst Ohnmacht, denn ich war nicht bewusstlos, nur ohne Macht. Ohne Macht die Situation zu retten, ohne Macht meinen guten Freund zu retten, ohne Macht was die Zukunft bringen würde, ohne Macht mir selbst darüber bewusst zu werden. Erst Minuten später, es kann auch eine halbe Stunde gewesen sein, schreckte mein Geist aus dem Zustand der Lethargie auf und reagierte auf ein Vibrieren meines Handys. In einer meine WhatsApp Gruppen waren mehrere Nachrichten aufgelaufen, nichts Wichtiges und vor allem nichts, was nur ansatzweise mit Konstantin zu tun hatte. Es riss mich aber zurück in die Realität des hier und jetzt. Das Handy in der Hand entschied ich mich erstmal auf Instagram zu surfen und mich abzulenken. Fast sofort fiel mir auf, dass Carola ein Foto hochgeladen hatte. Das Foto war mir wohl bekannt, hatte ich es doch selbst von mir vor dem Eiffelturm gemacht, als wir das erste Mal zusammen in Paris gewesen waren. Nach alldem, was ich an diesem Abend gehört und gedacht hatte, war dies fast wie eine Befreiung, ein kleines Licht im Fenster einer Hütte in einer sonst sternenlosen Nacht. Und auch wenn ich mir bei dem jetzigen Stand der Freundschaft zwischen Carola und mir nicht sicher war, war ich mir in diesem Moment absolut sicher, dass ich irgendwie Kontakt zu ihr aufnehmen musste. Nicht um über das zu reden, was mir Peter gerade erzählt hatte, nein, viel mehr um an die Erinnerung an eine fantastische Zeit, die wir zusammen gehabt hatten. Also schrieb ich ihr einen Kommentar auf ihre Story, in dem ich das Bild als großartig bezeichnete. Und welch Verwunderung bei mir, sie antwortete fast sofort und erinnerte sich daran, dass ich der Meisterfotograf gewesen sei. Wir schrieben noch etwas hin und her, nur kurz und nur auf das Bild und unseren damaligen Ausflug bezogen, doch für mich war es wir das Erwachen aus meiner Ohnmacht. War das Ende einer meiner engsten Freundschaften mit dem baldigen Ableben von Konstantin absehbar, so schien eine andere Freundschaft, die mit Carola gerade wieder an Stärke zu gewinnen. Ohne es zu wissen, hatte sie mir einen der größten Gefallen getan, den ein Freund einem anderen machen konnte.

Mit diesem Gefühl begab ich mich in einen traumlosen und doch tiefen Schlaf.

Donnerstag, 12. Oktober

Auch wenn ich über 8 Stunden geschlafen hatte, fühlte ich mich wie nach einer Woche mit kaum Ruhephasen. Ich fühlte mich wie nach 14 Tagen Arbeit ohne einen freien Tag und täglich 12 Stunden Schichten. Eine Übermüdung, die den Geist auf das wesentliche zu begrenzen und die mir gestellten Aufgaben nur noch zu erledigen seien, ohne dass ich dabei an mich selbst denken müsste. Nur war ich nicht seit so vielen Tagen am Arbeiten und auch Schlaf war nicht das Problem. Alleinig mein Geist gaukelte es meinem Körper so vor. Meine Abwehrspieler hatten nun komplett die Kontrolle übernommen und nichts und niemand sollte die Möglichkeit besitzen auch nur in die Nähe meines emotionalen Strafraumes zu kommen.

Entsprechend dieser mentalen, sich auf meinen Körper auswirkenden Entwicklung schlenderte ich rüber zum Haus meiner Eltern, um die Katzen zu füttern und mir einen Kaffee zu machen. Nachdem die Pflicht mit den Katzen erledigt war und ich den Kaffee hatte, lies ich mich auf dem Sofa meiner Eltern im Esszimmer fallen und holte wie so oft in diesen Wochen mein Handy heraus. Kurz war ich versucht, den Chat mit meinen Eltern aufzumachen und sie über die neusten Vorkommnisse zu informieren. In mir kam es aber zu einem Tumult, da die beiden als letztes die positiven Nachrichten gehört hatten und sich nun mitten in ihrem vollverdienten Urlaub befanden. Wollte ich ihnen diese Entspannung nehmen, sie in einen Zyklus aus nervösen Abwarten, aufs Handy schauen und auf die final ankommende Nachricht warten, schicken? Nein! Das ging gar nicht und so schloss ich den Chat sofort wieder. Dabei fiel mir der Chat mit Carola vom Vorabend auf. Ich öffnete ihn, teils um mich daran zu erfreuen, teils weil ich wieder überlegte, dass ich es ihr erzählen müsste. Nach einem kurzen Moment des Nachdenkens, entschied ich mich doch dafür, ihr nur für das nette Gespräch zu bedanken. So schrieb ich ihr, dass mir unser Gespräch sehr gutgetan hatte, vor allem da ich gerade eine schwere Zeit hätte. Natürlich antwortete sie mit einer Frage, nämlich der Frage, was denn los wäre. Blitzartig ging mir durch den Kopf, dass ich es ihr nicht per Chat mitteilen könnte. So antwortete ich ihr, dass ich das nur persönlich machen könnte, dass es so brisant sei.

Für den Abend hatte ich mir vorgenommen, wenn ich von der Arbeit nach Hause fahre, dass ich nochmal bei Carola vorbeischauen wollte. Um auf Nummer sicher zu gehen hatte ich ihr am Nachmittag eine Nachricht geschickt. Als ich dann vor ihrer Tür stand, bemerkte ich, dass sie wohl unter der Dusche stand. Das Badezimmer war direkt neben dem Eingang. Ich betätigte die Klingel, keine Reaktion, nur Musik dran auf dem Badezimmer. Ein zweites Klingeln und wieder keine Reaktion. Leicht verärgert, aber auch wissend, dass sie es vielleicht nicht mitbekommen hatte, lief ich wieder zur Straße. Die Schmerzen in meinem Fuß nahmen zu. Seit dem Morgen hatte ich sie bereits, ohne zu wissen, was der Auslöser ist. Nur dass ich extreme Schmerzen in der linken Ferse hatte. Humpelnd trat ich an eine nahe Straßenlaterne und holte mein Handy raus. So einfach wollte ich die Situation nicht laufen lassen und schrieb ihr, dass ich noch 5 Minuten vor ihrem Haus warten würde. 15 Minuten später fuhr ich dann leicht genervt und tiefer in die emotionale Abgrenzung rutschend nach Hause.

Kaum angekommen, sah ich eine Nachricht von Carola. Sie hatte mich wohl bemerkt und schrieb mir nun, dass sie gerade aus der Dusche gekommen war und deswegen nicht an die Tür gekommen war. Ich entgegnete, dass ich noch vorbeikommen könnte, was sie verneinte, da sie Besuch bekäme. Irgendwie nervte es mich, dass sie Besuch bekam und mich deswegen absägte. War es in Wirklichkeit der Grund dafür gewesen, dass sie mir zuvor nicht geöffnet hatte? Nein, nein, Jan, gib dich nicht den negativen Gedanken hin. Und wenn auch, ihr wart gerade erst dabei euch als Freunde wieder anzunähern, da konnte ich doch nicht verlangen, dass sie alles stehen und liegen ließe, nur weil ich ihr etwas Geheimnisvolles mitteilen wollte. War ich doch die letzten 3 Monate kaum ein Teil ihres Lebens gewesen.

Freitag, 13. Oktober

Meine negativen Gedanken zu Carola am Vorabend waren längst verflogen und ich befand mich wieder in dieser tiefen Emotionslosigkeit und Ruhe, die sich in den letzten 2 Wochen bei mir entwickelt hatte. Am Morgen war ich kurz hochgeschreckt, als ich eine Nachricht von Peter erhalten hatte. Es stellte sich aber schnell heraus, dass er mich nur über eine Angelegenheit des Ortsvereins informieren wollte. Wie es aussah, lenkte er sich damit auch von der traurigen Gewissheit um den Zustand seines Bruders ab. Darüber schrieben wir auch nicht weiter und so war seine Nachricht nur eine kurze Aufregung am Morgen. Wie die Tage zuvor fütterte ich die Katzen meiner Eltern, trank einen Kaffee und schaute etwas TV. Bevor ich dann zur Arbeit fuhr, schaute ich nochmal bei Carola vorbei. Leider war ihr Auto nicht da, sodass ich direkt zur Arbeit fuhr.

Mein Arbeitstag war schnell vorbei, arbeitete ich nicht die volle Arbeitszeit aufgrund von einer immer noch hohen Menge an Überstunden. Es lag auch nicht so viel an, da an diesem Freitag die Herbstferien begannen und viele Jugendliche mit ihren Familien in Urlaub fuhren. Und da in den kommenden 2 Wochen noch genug neue Überstunden anstanden, machte ich früher frei und fuhr zunächst nach Hause. Wie jeden Freitag fand aber um 18 Uhr unsere Jugendgruppe Gruppenstunde statt. Ursprünglich wollte ich mit ihnen basteln, entschied mich aber aufgrund der aktuellen Situation dafür, das Programm komplett zu ändern. Ich sammelte also wie gewohnt die Kids an unserem normalen Treffpunkt ein, fuhr dann aber nicht wie sonst zu unserem Bildungszentrum, sondern zum naheliegenden Einkaufszentrum. Den Kindern erzählte ich, dass ich aufgrund des Wetters einen Kakao ausgeben wollte und etwas r mache. Im Einkaufzentrum gingen wir ins Kaffee, bestellten den Kakao und ich begann mit meiner „Theoriestunde", dessen Thema es war, was die Kids machen sollten, wenn sie Probleme in der Schule oder der Familie hätten, oder wenn jemand aus ihrem Umfeld einen Unfall hätte und evtl. sterben würde. Natürlich, so versicherte ich ihnen, gelte das auch für alle Haustiere, die sie hätten. So kamen wir ins Gespräch und die Kinder kamen fast von allein auf alles. Auf die Frage, an wen sie sich wenden könnten, kamen natürlich die Eltern, Freunde und auch die Betreuer der Jugendgruppe. Ich wiederum versuchte sie dabei auf mich zu lenken, da ich davon ausging, dass die anderen Betreuer, aufgrund ihres Alters oder der fehlenden Erfahrungen und Kompetenzen nicht dazu in der Lage seien. Zudem, so mein Plan, wollte ich für den Fall von Konstantins Ableben ihre Probleme auf mich lenken. Aus Erfahrungen der jüngeren Zeit wusste ich, dass es sonst mit einigen Personen in unserem Ortsverein zu Problemen führen würde, da diese durch Halbwissen mehr Schaden anrichten würden, als dass sie wirklich helfen würden. In solchen Angelegenheiten gab es nicht schlimmeres als Menschen, die meinen alles regeln zu können, dabei aber so offensichtlich falsch liegen und sich komplett überschätzen. Ein bis zwei davon fielen mir auch in unserer Truppe ein, wenn auch sie es nie böswillig oder mit Vorsatz machen würden. Teilweise war es eben reine

Selbstüberschätzung oder ein gewisses Maß an Selbstdarstellung. In einem Fall war ich sogar der Grund dafür und es hatte schon zu einigen Problemen geführt, an denen ich noch immer arbeitete, um sie wieder grade zu biegen. Meine Freundschaft zu Carola war das so ein Beispiel. Ich lenkte also die Antworten der Kinder bewusst in meine Richtung, als eine Antwort kam, die mich kurz schlucken ließ. Eines der Mädchen, 11 Jahre alt und schon seit einiger Zeit in unserer Jugendgruppe war, die ergänzend antwortete, dass man ja auch Konstantin hätte. Er würde das ja bei der Arbeit auch ständig machen und Konstantin wäre außerdem ja auch Chef vom Ortsverein und ein cooler Typ. Mir gefror das Blut in den Adern und mein Hirn suchte fieberhaft nach einer Antwort. Sollte ich es abblocken, wissend, dass die nächstliegende Trauer wegen ihm wäre? Oder sollte ich zustimmen, ebenfalls wissend, dass er nie wieder für sie da sein würde, es nicht mehr könnte? In diesen Bruchteilen einer Sekunde entschied ich mich dafür, ihr zuzustimmen. Ich stimmte ihr zu, betonte aber, dass er ja immer viel zu tun hätte und am besten kämen sie neben ihren Eltern zu mir. Wir redeten noch etwas über Trauer im Allgemeinen, tranken unseren Kakao auf und dann brachte ich sie wieder nach Hause. Nachdem ich das letzte Kind abgesetzt hatte, dachte ich kurz nach, startete den Motor und fuhr los. Aber nicht nach Hause, sondern wie schon die Tage zuvor zu Carola. Genauso wie die Male zuvor war es aber eine sinnlose Aktion, denn ihr Auto war wieder nicht da.

Daher entschied ich mich, sie nochmal anzuschreiben und zu fragen, wann sie da wäre. Dieses Mal reagierte sie etwas abweisend. Sie verstand meinen Versuch ihr die Problematik mit Konstantin, nicht wissend, dass es um ihn ging, als Versuch Trost bei ihr zu suchen. Da sie selbst in den letzten 2 Jahren viel Trauer erleben musste, sah sie sich, auch bei dem Stand unserer Freundschaft, dazu nicht in der Lage. Das ich eigentlich nur versuchte sie genau aus dieser Trauer, die sie selbst erlebt hatte, schonend auf das vorzubereiten, was vor ihr lag, das war ihr nicht bewusst.

Unser Gespräch ging so hin und her, sie war etwas sauer, da sie das Gefühl hatte, dass ich sie als mental gebrochen ansah und ihr nichts zutrauen würde. In gewisser Weise war ich auch dieser Meinung, aber nicht da sie mental gebrochen war oder eine schwache Person. Auf keinen Fall. Aber sie bedeutete mir so viel, dass ich sie nicht in dieses Loch stürzen wollte, dass sie im letzten Jahr nach dem Tod ihres Vaters gehabt hatte. Sie hatte es nicht verdient so einen Nackenschlag zu bekommen. Vor allem da immer noch ihr Diskurs mit Konstantin im Raum stand, der nicht geklärt war. Wenn Konstantin, wovon ich fest ausging, ihr noch etwas bedeutete, dann wäre es umso schlimmer, wenn man einen Streit nicht aus dem Weg räumen konnte. Dann zu hören, dass diese Person im Koma liegt, erschien mir als knallharte Herausforderung für Carola. Und davor wollte ich sie beschützen.

Irgendwann in diesem Hin und Her im Chat, konnte ich es nicht mehr aushalten und schlussendlich schickte ich ihr eine Sprachnachricht, in der ich sie über das Koma von Konstantin informierte. Aber nur über das Koma. Das seine Familie ihnen gehen lassen würde. Soweit wollte ich dann doch nicht gehen.

Schlagartig wandelte sich das Gespräch in eine ungläubige Diskussion, in der Carola sogar den Strohhalm der Verleumdung aufgriff. Das könnte einfach nicht wahr sein, es wäre ein böser Scherz von mir. Aber selbst beim Schreiben der dazugehörigen Nachricht konnte ich anhand der gewählten Worte sehen, dass es nur der verzweifelte Versuch war, diese Nachricht von mir zu verstehen. Meine wiederholte Bestätigung dieser sorgte aber auch bald dazu, dass Carola die Wahrhaftigkeit meiner Worte ernst nahm und verstand, dass Konstantin wirklich im Koma lag. Unser Chat dauerte dann noch den ganzen Abend und ich versuchte so gut es ging, Carola von ihrem Schmerz, der auch meiner war, zu befreien. Wohl wissend, dass ich ihr schon bald die Nachricht überbringen musste, dass Konstantin verstorben war. An diesem Abend wollte ich sie aber nicht damit überlasten, merkte ich doch jetzt schon, wie sehr sie die Nachricht über Konstantins Koma umhaute. Während wir schrieben, merkte ich zudem, wie meine Erkältung schlimmer wurde und mein Fuß immer mehr anfing zu schmerzen. Mein Körper setzte anscheinend den Stress meiner Seele in physische Probleme um. Was folgte war wieder eine ruhelose, traumlose Nacht.

Samstag, 14. Oktober

Der Samstag verlief irgendwie sinnlos und ohne wirklich Inhalt. Ich hatte nur kurz mit Carola geschrieben, die meine Nachricht über Konstantins Koma noch immer nicht fassen konnte. Deswegen hatte ich mich entschieden heute mal nicht zu versuchen, sie zuhause anzutreffen.

Neben Carola telefonierte ich an diesem Tag noch mit Andreas, meinem Bruder, den ich auch nicht auf die Entscheidung der Familie informierte, meinen Eltern wegen etwas, dass sie wegen meinen Trip nach Schweden wissen wollten und Becky, einer guten Freundin von einem befreundeten Ortsverein. Auch bekam ich wieder eine Nachricht von Peter, welche sich wieder um eine Angelegenheit der Hilfsorganisation drehte.

Um etwas Luft zu schnappen, fuhr ich dann spontan nach Oldenburg und lief einige Stunden lang einfach durch die Stadt. Meiner Erkältung und vor allem meiner schmerzenden Hacke tat das gar nicht gut, die Schmerzen wurden immer stärker.

Sonntag, 15. Oktober

Ein Tag, als würde er nicht existieren. So richtig wahr nahm ich den Tag erst gegen den späten Nachmittag und auch nur, weil ich mich für einen Sanitätsdienst auf dem Gallimarkt gemeldet hatte und ich mich dafür fertig machen musste. Etwas Ablenkung sollte mir bestimmt guttun und zudem wollte auch Becky, meine gute Freundin da sein. Sie war eine der wenigen, die fast alles wusste. Mit ihr wollte ich während des Dienstes über das wahrscheinliche Ableben von Konstantin reden. Irgend brauchte ich nach Tagen des Geheimhaltens jemanden mit dem ich darüber reden könnte. Vor allem, da ich langsam das Warten auf die letzte Nachricht nicht mehr ertragen konnte.

Gegen 17 Uhr fuhren Andreas und ich los und begaben uns zum vereinbarten Treffpunkt auf dem Gallimarkt. Leider war Becky nicht vor Ort. Allein der reguläre Sanitätsdienst inmitten dieses Trubels des Lebens mit all den bunten Lichtern, den lachenden Menschen und den unwiderstehlichen Düften lenkte mich fast augenblicklich und für einige Stunden ab. Das der Dienst dann noch länger dauerte als geplant, tat sein Übriges, um mich ermüden zu lassen. Auf der Rückfahrt um 1 Uhr nachts besprachen Andreas und ich noch das eine oder das andere über unseren Ortsverein. Kaum zuhause fiel ich sofort ins Bett und schlief sofort ein. Es würde eine kurze Nacht werden, denn schon um 6:30 Uhr müsste ich aufstehen, lagen doch die arbeitstechnischen anstrengenden Herbstferien mit der täglichen Kinderbetreuung am Vormittag und dem Ferienprogramm am Nachmittag an.

Montag, 16. Oktober

Erster Tag der Kinderbetreuung, erster Tag im Ferienprogramm, eine meiner 8 Powerwochen im Jahr bei der Arbeit. Da ich am Abend vorher länger als gedacht auf gewesen bin, war die Nacht etwas zu kurz geraten, gerade für den Start der herbstlichen Powerwoche. Als dann um 6:30 mein Wecker ging, riss er mich aus dem tiefsten Schlaf. Mit kaum geöffneten Augen griff ich nach meinem Handy, das zugleich mein Wecker war, um den nervigen Klingelton abzustellen. Natürlich fiel mein Blick dabei auf das Display und ich sah, dass ich eine Nachricht bei WhatsApp hatte. An sich nichts Ungewöhnliches, da es immer wieder Menschen aus meinem Umfeld gab, die, wenn sie nicht schlafen konnten oder einfach früher auf waren als ich, meine Nachrichteneingang voll jagten, noch bevor überhaupt irgendwo die

Straßenlaternen angehen. Normalerweise bemerke ich solche Nachrichten und sehe nicht nach, von wem oder was sie sind. Aber an diesem Morgen, vielleicht getrieben von einer inneren Unruhe, sah ich nach, von wem die Nachricht war. Kaum hatte ich den Namen gelesen, da verfiel ich sofort in meine emotionslose Ruhe, meine Abwehr baute sich mit alles Kraft auf und eine Resignation derer ich bisher kaum kannte erfasste mich. Die Nachricht war von Peter und mir war sofort klar, ohne sie zu lesen, was der Inhalt sein würde. Mit dieser Erkenntnis legte ich das Handy bei Seite und ging ins Badezimmer, duschte, fütterte meine Katzen, zog mich an, kehrte ins Schlafzimmer zurück, nahm das Handy, verließ das Haus und fuhr zur Arbeit, meine Lieblingsmusik voll aufgedreht. Wie ich zur Arbeit kam, wie der Verkehr war, wie das Wetter oder ob die Sonne schon aufgegangen war, es interessierte mich nicht, ging vollends an mir vorbei. Erst als ich im Freizeitzentrum an meinem Schreibtisch saß, kehrte die Welt in ihr normales Tempo zurück und ich nahm mein Umfeld bewusst wahr. Diese Rückkehr in die Realität meines Lebens erinnerte mich an die Nachricht auf meinem Handy, die ich noch nicht gelesen hatte. Also holte ich das Handy aus der Tasche und legte es zunächst auf meinen Schreibtisch, stand auf und machte mir erstmal einen Tee. Als dieser dampfend neben mir stand, gab ich meinen Code ein und öffnete die Nachrichten App mit der Nachricht von Peter. Ihr Inhalt war kurz, wie schon von mir erwartet. In ihr stand nur, dass Konstantin an diesem Morgen friedlich eingeschlafen und damit von uns gegangen war. Und ich saß da, ohne eine Träne, ohne eine emotionale Regung und starrte vor mich hin. Der Geruch des Tees stieg mir in die Nase und ein Geräusch an der Eingangstür des Freizeitzentrums riss mich aus dem tiefen Loch, in dass ich gerade gefallen war. Leicht verwirrt schüttelte ich mich kurz, schnappte mir den Tee und lief in den Hauptraum um wer auch immer dort durch die Tür zur Kinderbetreuung kam und das dazu lächelnd. Kaum stand ich am Billardtisch, da betrat auch schon das erste Kind in Begleitung seiner Mutter den Raum. Wie auswendig gelernt, setzte ich ein Lächeln auf und begrüßte beide, leicht an meinem Tee zippen. Alles lief so ab, wie seit Jahren, an jedem Morgen bei der ersten Begrüßung in der Kinderbetreuung. Nach und nach tauchten alle Kinder, teilweise von den Eltern begleitet, auf, die in diesen Herbstferien an meiner Betreuung Teilnahme. Derweil saß ich im Sessel mitten im Raum, mit dem einen oder anderen Kind am Scherzen, im Geiste schon bei einer anderen Aufgabe. Schließlich kam mein FSJler und ich konnte mich kurz in mein Büro zurückziehen. Nur kurz und auch nicht so wirklich, denn die Tür stand offen. Immerhin hatte ich die Aufsicht über diese Kinder und der Tod eines meiner besten Freunde konnte daran auch nichts ändern. Diese kleine Distanz, das Fehlen des direkten Kontaktes zu den Kids reichte mir aus, um mir meine Pläne wieder vor Augen zu führen, die ich im Kopf seit dem letzten Mittwoch immer und immer wieder durchgespielt hatte. In diesen Plänen ging es vor allem darum, wen ich wann über Konstantins Tod informieren würde und wie ich als nun geschäftsführender Vorstand die Geschicke des Ortsvereins lenken würde. Zusätzlich zu der Benachrichtigungskette muss ich genau beachten, wann ich mit dieser Nachricht aus dem Schatten der persönlichen Ansprache in den öffentlichen Raum gehen würde. Immerhin musste ich der Familie genügend Zeit geben, sich ihrer Trauer bewusst zu werden und das familiäre Umfeld von Konstantin von seinem Tod zu informieren. Nichts wäre schlimmer, als wenn sie es durch einen öffentlichen Beitrag vom Ortsverein erfahren würden. Ich entschied mich mit den Benachrichtigungen nach dem Frühstück mit den Kindern anzufangen. Ich wollte damit allen Beteiligten die Möglichkeit geben, zumindest nicht aus dem Schlaf oder vor dem Frühstück diese traurige Nachricht zu erhalten.

Gesagt getan, knapp eine Stunde später hatten die Kinder gefrühstückt und ich konnte mich in mein Büro zurückziehen, die Tür dieses Mal geschlossen. Mein FSJler war notdürftig eingeweiht, ich hatte ihm gesagt, dass ich einige wichtige Anrufe zu erledigen hatte. Den ersten Anruf machte ich bei meinen Eltern. Ein nicht so emotionales Gespräch wie ich gedacht hatte.

Wie sich herausstellte hatten meine Eltern, fehlend der positiven Nachrichten über mehr als eine Woche schon mit dem schlimmsten gerechnet. Trotzdem telefonierten wir 15 Minuten und ich beendete das Gespräch mit der Begründung, dass ich noch mehr zu erledigen habe. Zudem spürte ich, wie sich mein emotionales Loch, das Fehlen der Gefühle, langsam fühlte sich alles mit einer aufsteigenden Traurigkeit. Um mich dieser Traurigkeit nicht hingeben zu müssen, zwang ich mich in die anstehende Aufgabe, verdrängte sämtlich negativen Gedanken und schluckte alles andere einfach runter.

Als nächstes schrieb, besser gesagt nahm ich einige Sprachnachrichten auf. Mir war es wichtig, dass ich nicht einfach nur kurz schrieb, dass Konstantin verstorben war. Ich wollte in meine Nachricht auch etwas Tröstendes, etwas Aufbauendes legen. Deswegen erschien mir eine Sprachnachricht am besten geeignet. Dabei machte ich nicht nur eine Nachricht für alle, jede von mir angeschriebene Person bekam eine eigene Sprachnachricht, inhaltlich aber fast identisch mit den anderen. So arbeitete ich die Liste ab, schrieb meinem Bruder, den anderen Vorstandsmitgliedern, Personen die Konstantin durch den Ortsverein und den Freizeiten nahestand. Zwischendurch verlies ich das Büro und spiele mit den Kids Billard, Tischkicker oder Monopoly. Für sie musste ich auch da sein und sie wussten nichts von der schweren Last, die ich momentan auf mich lastete.

Gegen Mittag, ich hatte schon 20 Personen benachrichtigt, von denen gute 10 nun mit mir in einem Chat Gespräch hin und her schrieben, kam meine Assistentin Irene. Da sie Konstantin auch gut von den Jugendfreizeiten kannte, nahm ich sie gleich beiseite und erzählte ihr von Konstantins dahinscheiden. Irene ist eine sehr gefühlsbetonte Person, die zudem mit sich selbst und der Welt zu kämpfen hat. Entsprechend brach sie in Tränen aus und ich musste sie erstmal in den Arm nehmen und trösten. Nachdem sie sich einige Minuten später wieder gefangen hatte, übergab ich ihr die Aufsicht im Freizeitzentrum und setzte mich, mit geschlossener Tür wieder ins Büro.

Nächster Punkt auf meiner Liste waren nun die aktiven Mitglieder unseres Ortsvereins zu benachrichtigen. Also machte ich mich daran die Gruppen mit der Nachricht zu füllen. Dabei passte ich ganz genau darauf auf, dass keiner unserer jüngeren Mitglieder darin enthalten war. Auch die Vorstandsgruppe ließ ich bewusst aus, damit Peter, eben unser Kassenwart nicht darüber nochmal belastet würde, wollte ihm einfach etwas Ruhe gewähren. Wobei, der Gedanke das er Ruhe bekäme an dem Tag, an dem sein Zwillingsbruder gestorben war, erschien mir dann wieder kindisch lächerlich und ich schämte mich schon fast dafür. So entschied ich mich dann doch dafür, es nicht als allgemeine Nachricht zu verschicken, sondern alle aktiven Mitglieder persönlich anzuschreiben. Für unser Jugendgruppe hatte ich mir deswegen etwas Spezielles überlegt. Sie sollten es nicht über die Gruppen erfahren. Da ich aber auch einen offiziellen Trauerbeitrag in unseren Social-Media-Kanälen veröffentlichen würde, ich aber auch wusste, dass viele unserer Kids diesen folgten, musste ich hier ganz anders vorgehen. Nicht auszudenken, wenn sie es bei Facebook oder Instagram sehen würden, ohne dabei von ihren Eltern begleitet zu werden. Um dies zu verhindern, suchte ich die Nummern der Eltern aus unseren Gruppen heraus und schickte ihnen eine persönliche Nachricht. Ich fand es besser, dass sie, die Eltern, es den Kindern beibringen würden. Zwischendurch spielte ich mit den Besuchern des Freizeitzentrum Billard, trank einen Tee oder führte einfach lockere Gespräche mit ihnen.

Alle Nachrichten geschrieben, alle Telefonate getätigt, schaute ich auf die Uhr. Es war schon 18 Uhr und ich was seit 7:30 Uhr bei der Arbeit, Zeit nach Hause zu gehen. Mir fiel aber ein, dass ich noch zwei Personen nicht über Konstantins Tod informiert hatte. Erschöpft von einem anstrengenden Arbeitstag und der zusätzlichen emotionalen Belastung durch den Tod von Konstantin, überlegte ich kurz, ob ich es noch am selben Tag machen sollte. Hin und her und mit müd Verstand entschied ich mich, beide

Besuche noch am selben Abend durchzuführen. So verabschiedete ich mich von Irene, setzte mich ins Auto und fuhr zu einer älteren Dame aus unserem Team, der ich die Nachricht doch lieber persönlich überbringen wollte. Zeitlich machte es meine Probleme, hatte ich mich den Tag über entschieden unsere Social Media Beiträge auf den Zeitraum nach der Vorstandssitzung am Mittwoch zu vertagen. So wollte ich der Familie noch Zeit geben, alles intern zu regeln und sie von den unter Garantie aufkommenden Beileidsbekundungen abzuriegeln. Unsere Mitglieder hatte ich schon entsprechend angeschrieben und sie um stillschweigen gebeten.

Bei Olga angekommen, es war schon 19 Uhr, zögerte ich kurz an der Türklingel, betätigte sie dann aber doch. Einen kurzen Moment hatte ich überlegt, es ihr doch per Sprachnachricht zu sagen, aber nun stand ich schon mal da und musste es durchziehen. Olga öffnete die Tür und schon, als sie mich sah, schien sie sofort zu wissen, was passiert war. Die nächste Stunde war hart, hatte sie doch in ihrem Leben schon so einige Tiefschläge bekommen, viele nahe Familienangehörige wie ihren Sohn und Mann zu Grabe getragen. Und dann war da meine eigene Trauer, die immer weiter in die Tiefen meiner Seele vergraben wurden, immer weiter weg von meinem wachen Verstand, der sich auf die Aufgabe fokussierte, für alle anderen da zu sein und sie durch ihre Trauer zu begleiten. Um

20 Uhr verabschiedete ich mich bei ihr, darauf hinweisend, dass ich noch einen weiteren Besuch machen musste.

Der andere Besuch an diesem Abend sollte der bei Carola sein. Sie hatte schon die Nachricht über das Koma schwer mitgenommen. Auch diese wollte ich ihr persönlich überbringen, was dann ja leider in einer Sprachnachricht mit einem anschließend minutenlangen Chat geendet war. Diese Mal wollte ich es dann doch Gesicht zu Gesicht hinbekommen, war das Überbringen einer Todesnachricht auch nochmal eine Stufe härter. Keine 15 Minuten später stand ich vor ihrer Tür und hörte, wie schon zuvor, dass sie wohl unter der Dusche sei. Resignierend betätigte ich die Klingel erst gar nicht, rechnete ich nicht damit, dass sie mir öffnen würde. Also zog ich wieder unverrichteter Dinge von dannen.

Ich fuhr aber nicht ganz nach Hause, sondern blieb nahe der Autobahn in einer dunklen Seitenstraße stehen. Von dort schrieb ich Carola, dass ich sie wohl immer nur beim Duschen erwischen würde. Sie reagierte prompt und beschwerte sich, dass ich nicht geklingelt hätte. Als ich fragte, ob ich nochmal vorbeikommen solle, wurde ich abermals damit abgewimmelt, dass sie Besuch hätte. Ich weiß nicht wieso, wir hatten ja fast 4 Monate keinen richtigen Kontakt mehr gehabt, aber ich empfand eine gewisse Wut darüber, dass sie einem Besuch für wichtiger ansah, als sich von mir eine höchst wahrscheinlich schlechte Nachricht überbringen zu lassen. Eine völlig kindische und überzogene Reaktion, konnte ich doch froh sein, dass sie überhaupt wieder mit mir redete, nachdem sie mich ja scheinbar für die Personifizierung des Bösen angesehen hatte. Aber der Gedanke, dass der Besuch ein anderer Mann war, nervte mich einfach. Und das, obwohl ich doch auch Alexandra hatte. Als meine Gedanken zu Alexandra kamen, änderte sich leicht etwas und ich fühlte mich nun schlecht, dass ich mich über einen möglichen Mann bei Carola ärgerte und dabei selbst ja mit Alexandra liiert war. Von beiden Seiten stürmten nun meine Abwehrspieler heran, die sich scheinbar in der Pause befunden hatten und nun bemerkten, dass das Spiel weiter ging. Motor an, Licht an und ich fuhr nach Hause. In meinem Sessel sitzend, meine Katze auf dem Schoss, fiel ich in einer Ruhe, hervorgerufen zum einen durch den langen Arbeitstag verbunden mit dem fehlenden Schlaf, zum anderen durch die emotionale Belastung durch Konstantins Tod. Trotz dieser Ruhe, dieser körperlichen wie auch seelische Müdigkeit, wollte ich noch eine Sache erledigen. Wenn auch das mit dem direkten Besuch wieder schiefgelaufen war, musste ich es Carola sagen, da ging kein Weg dran vorbei. Also schnappte ich mir mein Handy und nahm eine Sprachnachricht auf. Beim Aufnehmen bemerkte ich, dass meine traumatische Ruhe sich auch in meiner Stimme widerspiegelte. Die

Tonlage, die Pausen zwischen den Wörtern, so sprach ich normal nur, wenn ich entweder völlig entspannt war, völlig müde oder wenn ich es bewusst steuerte bei einem Traumreise während der Jugendfreizeiten. Letzteres um die an der Traumreise teilnehmenden Personen leicht und beruhigend in eine Art von Trance zu versetzen. In diesem Fall aber lag es eher daran, dass mein Verstand instinktiv alle meine Funktionen der Art der Aufgabe angepasst hatte. Keine unnötigen Inhalte wie schnelles Reden, oder unnötige Worte. Einfach eine fast maschinelle und sachliche Stimme. Und mit dieser Stimme verfasste ich die Nachricht an Carola.

In ihren geschrieben Worten, aber auch in den sporadischen Sprachnachrichten konnte ich den tiefen Schmerz erkennen, den meine Nachricht über den Tod von Konstantin bei Carola auslöste. Es brach mir das Herz ihr diese Schmerzen anzutun, sie wieder zurück in dieses schwarze Tal zu führen, dass sie im letzten Jahr schon durchleben musste. So versuchte ich, ebenfalls mit einer Mischung aus Worten und Sprachnachrichten, tröstend auf sie einzugehen. Ganze 3 Stunden schrieben wir, bis sich die Müdigkeit bei mir breit machte und ich in einen tiefen, traumlosen Schlaf in meinen Sesseln fiel. Erst um 2 Uhr nachts erwachte ich und schleppte mich in mein Bett, musste ich doch schon um 7:30 Uhr wieder im Freizeitzentrum sein. Ein kurzer Blick auf mein Handy zeigte mir, dass Carola nicht mehr geschrieben hatte. Dafür aber hatte ich 15 neue Nachrichten von anderen Personen. Die mussten warten, denn ich brauchte jetzt dringend Schlaf.

Dienstag, 17. Oktober

Müde durch den fehlenden Schlaf fuhr ich fast, ohne auf meine Umwelt zu achten früher als sonst zur Arbeit. Obwohl ich erst sehr spät wirklich ins Bett gekommen war, wurde ich bereits eine halbe Stunde vor meinem Wecker wach und konnte nicht mehr einschlafen. Nun, viel zu früh im Freizeitzentrum, machte ich mir erstmal einen Tee und setzte mich wieder in mein Büro. Gedankenversunken saß ich nun da und starrte wohl vor mich hin, denn als ich wieder auf den Monitor sah, waren ganze 20 Minuten wie im Flug vergangen. Ich raffte mich auf und rief ein Grafikprogramm auf. Wenn ich noch Zeit übrighätte, könnte ich mich auch schon an den Onlinenachruf für Konstantin machen. Zunächst bräuchte ich dazu ein gutes Foto von ihm. Zum Glück erinnerte ich mich daran, dass wir vor zwei Jahren extra Porträtfotos bei der Jahreshauptversammlung gemacht hatten. Schnell fand ich es in einem meiner Bildordner, manchmal lohnt es sich doch eine gewisse Ordnung zu haben, und machte mich daran es mit dem Grafikprogramm zu bearbeiten. Aus dem farbigen Foto machte ich eine schwarzweiße Darstellung. Anschließend fügte ich das Rund Logo in Schwarzweiß hinzu.

Lange konnte ich mir das Foto aber nicht ansehen, da mich ein Unbehagen erfasste. Wie es schien, konnte ich mir kein Foto von Konstantin ansehen, ohne an meine tief vergraben Trauer zu geraten, sie in mein Bewusstsein hochzulassen. Eine Tatsache, die ich nicht zulassen wollte, zu sehr hatte ich meine Abwehr darauf getrimmt, die Trauer auszubremsen, sie wegzusperren und mich emotional abzuschotten. Nur so konnte ich für alle die anderen da sein, die meiner Hilfe bedürften. Hastig lud ich das Foto bei Facebook hoch, scrollte es aber bei der Erstellung des Beitrages so weit runter, dass ich es nicht mehr sehen konnte. Das Schreiben des dazu gehörenden Textes war weitaus weniger schlimm als das Ansehen des Fotos. So verfasste ich einen kurzen Text, der zum einen Konstantin würdigte, aber gleichzeitig auch unsere Trauer wieder spiegeln sollte. Mittendrin im Durchdenken meines Textes bemerkte ich, dass die ersten Kinder der Ferienbetreuung das Freizeitzentrum betraten. Also schloss ich das Bildschirmfenster und verließ das Büro. Die nächsten Stunden verbrachte ich dann fast wie gewohnt mit den Kindern, machte ihnen Frühstück, ging mit ihnen zum Spielplatz am Badesee und am Ende führte ich noch das eine oder andere Gespräch mit einigen Eltern.

In der anschließenden Mittagspause machte ich mich dann endlich daran, die unzähligen Nachrichten vom Vortag zu lesen und die meisten auch zu beantworten. Dabei wiederholte ich wie an den Tagen zuvor die Geschichte von seiner Erkrankung, dem zu früh zur Arbeit gehen und dem dann folgenden Tod als mögliche Folge davon. Ein Automatismus der tragischen Wiedergabe spielte sich immer mehr bei mir ein. Sachlich, mit etwas Traurigkeit und doch immer der Aufgabe dienlich verfasste ich Nachricht um Nachricht und vergaß dabei sogar etwas zu essen. Irgendwann machte mich Irene darauf aufmerksam, dass gleich die Teilnehmer unseres Spielnachmittags kommen würden. Also kein Essen. Aber bevor ich mich um die Arbeit kümmern wollte, musste ich den Beitrag endlich hochschicken. Entsprechend öffnete ich wieder das Fenster vom Morgen, beendete meinen Text und drücke den Button für senden. Von nun an war Konstantins Tod öffentlich, unwiderruflich für alle sichtbar und in der ganzen Welt verfügbar. Ein kalter Schauer lief mir den Rücken runter, wurde mir die damit zusammenhängende Endgültigkeit wieder bewusst. Kurz meinte ich ein leichtes Pfeifen wahrzunehmen, doch es verflüchtigte sich schnell wieder, sodass ich es als Kleinigkeit abtat. Ach ja, der Spielenachmittag. Ich stand auf und begab mich wieder in die Realität meiner Arbeit, fern der bitteren Wahrheit einer traurigen Welt ohne Konstantin.

Ich war komplett in den Spielenachmittag vertieft, als Sarah, eine ehemalige Betreuerin meiner Jugendgruppe den Raum betrat.

Erstaunt darüber lief ich ihr entgegen, mir den Armen und meinen Augen meiner Verwunderung, wenn auch freudig zu zeigen. Ohne eine weitere Vorwarnung nahm sie mich in den Arm und drücke mich. Sofort wurde mir bewusst, wieso sie hier war, und ich zog sie aus dem Raum durch den Flur hinaus vor das Freizeitzentrum. Die Teilnehmer des Spielenachmittags sollten nicht sehen, was jetzt kam. Draußen angekommen, nahm ich sie wieder in den Arm und begann zu heulen. So standen wir dann da, beide am Weinen. Nach einiger Zeit lösten wir die Umarmung und sahen uns an. Wie sie mir dann berichtete, hatte sie unseren Beitrag gesehen und hatte sofort an mich gedacht. Sie wusste wie eng Konstantin und ich zusammengearbeitet hatten. Ich wies sie darauf hin, dass sie ja auch Konstantins Gruppenkind gewesen war und wir alle drei schon zusammen auf Jugendfreizeit gefahren waren. Schluckend umarmte sie mich nochmal und wollte dann wissen, wie es mir ginge, worauf ich ihr sagte, dass mir ihr Besuch gerade sehr, sehr guttat. Wir unterhielten uns noch einige Zeit, bis ich bemerkte, wie die ersten Eltern kamen, um ihre Kinder abzuholen. Beim Abschied versprach mir Sarah, dass sie am kommenden Freitag auch bei der Jugendgruppe vorbeikäme, um mich zu unterstützen. War es auch gerade eine sehr schwere Zeit für mich, so hatte mich Sarahs Besuch sehr gefreut und gab mir auch insgesamt Kraft für das, was wohl kommen wird.

Mehrere Stunden später befand ich mich wieder in der Straße, in der Carola wohnte, wieder bei einem Versuch, sie persönlich anzutreffen. Ich wollte sehen, wie es ihr ging, immerhin war es am Abend vorher mit der Nachricht von Konstantins Tod sehr schlimm für sie gewesen. Besuchsversuch Nr. 6 erwies sich aber wieder wie die anderen zuvor, keine Carola zuhause. Also zurück zum Auto. Dabei kontrollierte ich meine Nachrichten und sofort fiel mir etwas in einer meiner Gruppen auf. Mist, war mir das ein gravierender Fehler unterlaufen. In einer der Gruppen war meine Nachte ausgetreten. Ich hatte gante übersehen, dass sie in dieser Gruppe gewesen ist, sollte sie doch nichts von der Nachricht über Konstantins Tod mitbekommen. Hastig wählte ich ihre Nr. und rief sie an. Es dauerte auch nicht lange und sie nahm ab. Zögerlich fragte ich sie, ob sie die Nachricht gelesen hatte. Sie entgegnete mir, dass sie von keiner Nachricht wusste und nur ausgetreten sei, dass sie die dauernden Benachrichtigungen genervt hatten. Nun wollte sie aber wissen, was mit mir los wäre und wieso ich so aufgeregt sei. Bevor ich ihr antwortete, wollte ich erst wissen, wo sie sei, da sie wohl nicht zuhause war. Ihre Eltern hatten auch noch nicht mit ihr gesprochen. Aufgrund der Ferien war sie bei einer Freundin und übernachtete dort. Diese sei auch gerade bei ihr, was mir ganz wichtig war. So kam es dann, dass ich meiner Nichte am Telefon von Konstantins Tod erzählen musste. Das Ganze war eine sehr tränenreiche

Angelegenheit, bei der auch ich nicht an mir halten konnte. Welcher Onkel könnte das schon, wenn er seine Nichte so fürchterlich heulen hören würde.

Zuhause angekommen begab ich mich schon fast automatisch in meinen Sessel. Es dauerte auch nicht lange und meine Katze kam dazu und machte es sich auf meinem Schoss gemütlich. Ebenfalls wie die Abende zuvor, schaute ich wieder auf mein Handy und fand wieder zahlreiche Nachrichten vor. Anders als am Abend vorher fing ich aber direkt an, sie zu beantworten, darunter auch mehrere von Carola. Mir aber meiner Übermüdung bewusst, entschied ich mich aber frühzeitig ins Bett zu gehen.

Mittwoch, 18. Oktober

Der Vormittag und der Nachmittag verliefen fast wie bei einem normalen Arbeitstag. Zwar bekam ich noch die eine oder andere Nachricht und es gab unzählige Kommentare zu unseren Beiträgen, aber sonst lag nichts besonders an.

Erst gegen Abend änderte sich die Situation wieder und ich wurde noch tiefer in meine emotionale Ruhe, die Abgestumpftheit meines Verstandes gerissen. Etwa eine Stunde vor unserer Vorstandssitzung, die ich schon vor Konstantins Ableben einberufen hatte, rief mich sein Bruder Peter an. War ich zuerst davon ausgegangen, dass er eben wegen besagter Sitzung anrief, er ist ja unser Kassenwart, lag ich damit völlig falsch. Zaghaft arbeitete sich Peter in diesem Telefonat von der Rückmeldung zum Zustand seiner Eltern hin zu einer viel intensiveren, ja härteren Information für mich. Mit brechender Stimme, nicht genau wissend, wie er es mir sagen sollte, offenbarte mir Peter nun, dass Konstantins Tod kein Zusammenspiel von Covid, Infekt, einer Stoffwechselkrankheit und dem zu frühen zur Arbeit gehen gewesen sei, sondern, und das traf mich wie ein Schlag, es war ein Suizidversuch gewesen. Konstantin hatte sich selbst töten wollen und als Resultat hatte er anschließend im Koma gelegen. Selbst meinen inneren Abwehrspieler zucken merklich zurück und erwarteten nun die Order ihres Trainers. Dieser stand am Rand meines Verstandes und suchte hektisch mit seinem Ko-Trainer in seinen Unterlagen, wie nun vorzugehen sei, welche Taktik man anwenden müsste, um mich zu schützen. Ihnen blieb nur eins, volle Abwehr, kein Sturm, alle Spieler in die eigene Hälfte und Beton anmischen. Nichts und niemand dürfte mehr zu meinen Emotionen durchbrechen. Leicht stotternd versuchte ich, während mein Verstand versuchte das gehörte zu verarbeiten, Peter trotz aller Zuversicht und Rückhalt zu bieten. Suizid, wie, warum? Mein Gehirn arbeitete wie wild., stellte Frage über Frage. Ich spürte wie mir heiß wurde, ohne dass ich Fieber hatte.

Doch mit der Schocknachricht Suizid war noch nicht Schluss, wobei es nicht schlimmer in der Sache wurde, nur für mich wuchs die Belastung. Peter führte, nachdem der erste Schock zu Ende war, dass seine Mutter sich gewünscht hatte, dass ich die Fürbitte, ein spezielles Gebet bei der Trauerfeier halten würde. Nun kam die Frage, ob ich mir das zutrauen würde und es übernehmen würde. Ohne zu zögern, sagte ich zu, auch wenn ich merkte, wie der Trainer meines Verstandes seine Unterlagen wütend auf den Boden warf. Was machst du da, ging es mir durch den Kopf. Die Fürbitte ist eine enorme Verantwortung, das muss perfekt werden. In diesem Moment aber setzte sich mein Ehrgefühl durch. Wenn seine Mutter sich das wünschte, die Mutter, die gerade ihren Sohn verloren hat, mich das fragte, dann kann ich das nie im Leben absagen. So oder so musste ich das durch und wenn es nur für sie und den Rest von Konstantins Familie sein würde. Die Ehre war hier eine Bürde und ich fragte mich, ob es sich für einen Superhelden so anfühlen würde, wenn er sich voll und ganz einer Aufgabe hingeben müsste, selbst sein eigenen Ich zurückzustellen und nur das Wohl der zu Schützenden wichtig war. Peter bat mich zudem darum, es nicht jedem vom Suizid zu erzählen. Dies würde zwar, auch auf Konstantins eigenen Wunsch, bei der Beerdigung thematisiert, aber bis dahin sollte es noch nicht offen verbreitet werden. Wie er dann ausführte, hatte Konstantin einen mehrseitigen Brief verfasst, in dem er ausführlich seine

Beweggründe aufgeführt hatte, aber auch, wie seine Beerdigung und alles andere geregelt werden sollte. Ich muss zugeben, mit einem Kopfschütteln, dass ich kurze lachte, denn dieser Brief und wie er verfasst war, war so typisch Konstantin gewesen. Selbst Peter musste das zugeben und einen kleinen, wirklich kleinen Moment war eine gewisse Heiterkeit im Gespräch, welche dann aber sofort wieder verflog. Das Gespräch ging dann in eine Richtung, wie man es sich wohl vorstellen konnte. Peter wollte von mir wissen, ob ich irgendwas gesehen hatte, etwas bemerkt hatte, dass auf Konstantins Depressionen, so hatte er es selbst in seinem Brief genannt, hingewiesen hatte. Er machte sich Gedanken, ob er, als Zwillingsbruder etwas hätte mitbekommen können, sogar müssen. Ich versuchte ihn diese Last von den Schultern zu nehmen. Obwohl ich selbst beruflich schon oft mit Jugendlichen und deren Depressionen zu tun hatte und auch schon einige Suizide hautnah miterlebt hatte, hatte nicht bemerkt. Eine Übermüdung, eine Überarbeitung, ja die hatte ich wahrgenommen und es Konstantin auch schon gesagt, dass ich mit einem Burnout bei ihm rechnen würde. Vor allem, nachdem unser Urlaub Anfang September ausgefallen war und er sich keine Auszeit genommen hatte. Aber die schwerwiegenden Depressionen, die zu einem Suizid führen würden, hatte ich nicht gesehen. Ich bat Peter, sich das nicht anzutun, denn niemand hatte es kommen sehen, selbst ich nicht. Und auch wenn ich mich selbst fragte, ob ich hätte etwas merken können, musste ich mir eingestehen, dass es nicht so war. Niemand hatte Schuld daran, niemand hätte es verhindern können. Selbst, so war ich mir sicher, der Urlaub in Kroatien hätte es nur herausgezögert. Verhindern hätte es auf Dauer niemand. Mit dem Versprechen die Fürbitte zu halten, dem weiderholten Angebot jederzeit für Peter und seine Familie da zu sein, beendeten wir unser Telefonat.

Schon wenig später tauchten die anderen Mitglieder des Vorstandes bei mir auf und ich musste den Gedanken an das von Peter erzählte bei Seite drängen. Gegenüber den Vorstandsmitgliedern musste ich nun die Ruhe ausstrahlen, die sie von mir als momentan Anführer brauchten. Ich musste die Route vorgeben und ihnen Sicherheit in dieser schwierigen Zeit geben, selbst wenn es mich innerlich zerrisst, meiner Seele wie in Feuer tauchte.

Semir war einer der ersten, der eintraf. Schon am Eingang bemerkte ich, wie fremdgesteuert er wirkte. Ich setzte mich neben ihn und in den nächsten Minuten musste ich ihn trösten. Vor allem aber die mehr als aktuelle Information zu Konstantins Suizid, ich hatte Peter darum gebeten den Vorstand informieren zu dürfen, warf ihn völlig um. Man darf dabei nicht vergessen, dass Semir, auch wenn er

Jugendleiter war, erst 17 Jahre alt war. Jetzt saß er hier, noch nicht mal offiziell erwachsen und musste als Vorstandsmitglied über die Konsequenzen des Todes des Vorsitzenden entscheiden. Nur kurz nach Semir tauchten auch Andreas und Sajo auf, beide auch mehr als ergriffen. Andreas war einer der wenigen gewesen, den ich schon in Konstantins Koma eingeweiht hatte und er hatte mich seitdem eng beraten und auch schon Aufgaben für mich übernommen. Als letzte kam Anneke, neben Semir die weibliche Jugendleitung mit knapp 18 Jahren. Sie war per Videocall dazugeschaltet, da sie krank zuhause saß. Auch sie wurde von der Nachricht über den Suizid umgehauen und wir konnten auch im Videochat sehen, wie sie in Tränen ausbrach. Ich ließ allen etwas Zeit das Ganze zu verarbeiten, bevor ich mit den nun anliegenden Aufgaben anfing. Immerhin mussten wir entscheiden, dass ich vorübergehend die Geschäfte des Ortsvereins zu übernehmen. Einstimmig waren alle dafür. Außerdem entschieden wir, die Mitgliederversammlung vorzuziehen, sobald der Jahresabschluss vorlag. Des Weiteren überlegten wir, wie wir die Beerdigung und das Drumherum organisieren sollten. Andreas erklärte sich bereit, die Ehrenwache zu organisieren. Bei einer Ehrenwache handelte es sich um eine Art Spalier wie bei einer Hochzeit. Nur eben als letzte Ehrerbietung für den Verstorbenen. Nachdem das geklärt war, berieten wir noch das eine oder andere, Anschaffungen, Termine und vieles andere.

Nach gut einer zwei Stunden waren wir durch und ich verabschiedete alle. Dieses Mal setzte ich mich aber nicht nach getaner Arbeit in meinen Sessel. Stattdessen setzte ich mich in mein Auto und fuhr die 15 Kilometer zu Carolas Wohnung. Wie die Tage zuvor parkte ich in der angrenzenden Hauptstraße und humpelte, mein Fuß schmerzte seit Tagen immer mehr und ich konnte kaum laufen, die Straße hoch bis zu ihrem Haus. Vom Weg aus konnte ich sehen, das Licht in ihrer Wohnung brannte, auch oben in ihrem Schlafzimmer. Wissend das sie da sei, klingelte ich, wollte ich ihr die schreckliche Nachricht vom Suizid überbringen. Keine Reaktion, keine Bewegung war wahrnehmbar. Ich klingelte ein zweites Mal, wieder keine Reaktion. Leichte Frustration machte nicht in mir breit. Wollte sie mir nicht öffnen? Mit dieser Frustration, der Idee, dass sie mich bewusst ignorierte, klopfte ich an die Tür. Mein Herz raste, meine Abwehrspieler rannten wie wild umher, doch in der Wohnung reagierte nichts und niemand. Vor mich hin fluchend drehte ich mich um und stampfte, die Schmerzen vergessend zurück zum Auto. Ich stieg ein, atmete tief ein und begann zu weinen, bitterlich zu weinen. In all meiner Trauer, alle meinem eigenen Schmerz ging ich jetzt davon aus, dass Carola mich ignorierte, womöglich mit ihrem neuen Freund im Schlafzimmer liegen über mich lachte. Ein völlig irrwitziger Gedankengang, der mir aber in diesem Moment so real erschien. Ja selbst wenn es so wäre, sie mit einem Freund im Schlafzimmer läge, es wäre ihre Sache und ginge mich nichts an. Und woher sollte sie wissen, dass ausgerechnet ich vor der Tür stehe, hatte ich mich weder angekündigt, noch hatte sie eine Videokamera, um mich zu sehen. So saß ich 10 Minuten am Steuer meines Autos und verfiel in eine Lethargie des Schmerzes, gab mich Visionen geboren aus reiner Ermüdung und steigender Paranoia hin. An diesem Abend sah ich Carola und meine Freundschaft wieder bei 0 angekommen. Ich entschied mich, sie erstmal ihre Ruhe zu lassen. Wenn sie mich nicht sehen wollte, dann sollte sie doch sehen, wie sie von Konstantins Suizid oder der Beerdigung erfahren würde. Ich würde ihr nicht mehr nachrennen.

Donnerstag, 19. Oktober

Die zurückliegende Nacht war irgendwie komisch. Ich kann mich erinnern, dass ich massiv geträumt habe, doch nicht woran. Nur einzelne Splitter, ohne Sinn und Verstand blitzen auf. Je mehr ich aber versuche, mich daran zu erinnern, um so verschwommener wird alles. Die Nachricht, dass Konstantins Tod das direkte Resultat eines Suizidversuches gewesen ist, hat mich scheinbar so belastet, dass mein Unterbewusstsein komplett unter Feuer gestanden hatte in meiner Schlafphase. Nicht nur der Suizid, sondern auch die komplizierte

Situation mit Carola hatten mich am gestrigen Abend in eine Paranoia fallen lassen. Dies hatte ich in Träumen versucht zu verarbeiten. Am Ende konnte ich mich an nichts erinnern, fühlte mich aber auch, als sei ich die ganze Nacht Schlafgewandelt. Entsprechend müde machte ich mich auf zu Arbeit. Heute stand neben der normalen Kinderbetreuung auch noch am Nachmittag das jährliche Kürbisschnitzen an. Mit den Kids der Kinderbetreuung ging es zudem vormittags, wie jeden Betreuungsdonnerstag, ins Spieleland in der nächsten Stadt. Das war für mich heute eine gute Sache, konnte ich da die Seele etwas baumeln lassen und mit den Kids ungezwungen rumtollen. Nicht zu vergessen, dass es ein abgeschlossener Bereich war und ich die Kids auch mal 5 Minuten allein rumtoben lassen konnte.

Nach dieser Ablenkung mit den Kindern hatte ich nicht viel Zeit, um über den Suizid nachzudenken, musste ich mich um das Besorgen der Kürbis für das nachmittägliche Kürbisschnitzen kümmern. Anschließend kamen auch schon die Jugendlichen und das Gemetzel mit den Kürbissen konnte beginnen. Es schien fast so, als würde dieser Tag endlich wie ein ganz normaler Tag ablaufen und mir etwas Zeit zum Durchatmen geben. Zu früh gefreut, würde ich sagen, denn noch war der Tag nicht zu ende, die Probleme begannen erst.

Zwischen dem Ausschlachten eines der Kürbisse schaute ich auf mein Handy und sah eine Nachricht von Becky. Neugierig, was sie von mir wollte, öffnete ich sie. In ihrer Nachricht bat sie mich, sie anzurufen. Verwundert über diesen Wunsch, entschuldigte ich mich kurz bei Irene, zog mich abermals ins Büro zurück und rief bei Becky an. Was sie mich dann fragte, oder besser gesagt erzählte, ließ mich innerlich vor Wut auflodern. Selbst meine Abwehrspieler schüttelten ungläubig den Kopf und mein Trainer schrie laut nach dem Schiedsrichter wegen eines schweren Fouls.

Becky wusste aus welchen Gründen auch immer von Konstantins Suizid. Wie sie mir erzählte, war sie von Seiten eines Funktionsträgers der Jugendgruppe darauf angesprochen worden. Dieser hatte ihr erzählt, dass von irgendjemanden aus meinem Kreisverband der Landesverband angeschrieben worden war. Grund dafür war nicht grundsätzlich der Suizid gewesen, sondern das warum. Diese unbekannte Person hatte beim Landesverband nachgefragt, ob man noch nach seinem Tod gegen Konstantin vorgehen müsste. Immerhin hätte er sich ja umgebracht, da sein Arbeitgeber, das Jugendamt aus Innenstadt, ihn gefeuert hätte. Die Kündigung wäre das Resultat einer Verurteilung wegen sexuellen Missbrauchs von Schutzbefohlenen gewesen. Becky konnte das nicht glauben, da sie Konstantin kannte. Zudem war sie sich nicht sicher, ob er überhaupt für die

Stadt Innenstadt arbeiten würde. Während sie so erzählte, stieg in mir eine Wärme auf, mein Kopf schien fast zu explodieren. Noch zwang ich mich aber zur Ruhe, wollte mehr erfahren. Ihren Zweifel zum Arbeitgeber konnte ich schnell beseitigen, denn Konstantin hatte nie für die Stadt Innenstadt gearbeitet. Und auch eine Verurteilung hatte es nicht geben. Fakt war, dass Konstantin vor zwei Jahren eine entsprechende Anklage gehabt hatte. Diese hatte sich aber als komplett frei erfunden herausgestellt. Die vermeidlichen Opfer hatten sich die Geschichte nur ausgedacht. Als es Wiedersprüche zu genannten Tatzeiten und Orten gegeben hatte, Telefontracking und Konstantins Urlaub im Ausland sei Dank, hatten beide es zugegeben. Konstantin war ohne Zweifel freigesprochen worden. Und im Gegenteil waren die beiden vermeidlichen Opfer wegen falscher Aussagen etc. verurteilt worden. Konstantin hatte mich damals von Anfang an eingeweiht und hatte sich sogar selbst als Vorsitzender beurlaubt. Sogar die Anklageschrift hatte er mir gezeigt. Es schmerzte mich, dass ich nun das Geheimnis zwischen uns beiden offenlegen musste, um seine Unschuld gegenüber einem völlig aus der Luft gegriffenen Gerüchtes zu verteidigen. Das war im Übrigen das erste Mal, dass ich daran dachte, dass diese damalige Anklage ein Knackpunkt gewesen war, der am Ende zu Konstantins Suizid geführt hatte.

Becky, meine Begründungen hörend, war den Tränen nahe, soviel konnte ich selbst am Telefon bemerken. Sie berichtete mir dann noch, dass die Anfrage vom Landesverband abgewiesen worden war, zumal selbst eine Verurteilung keinen Beleg auf eine Kindeswohlgefährdung auf unseren Freizeiten bedeuten würde. Ohne konkrete Beweise und nur aufgrund eines Gerüchtes würde man bestimmt nicht vorgehen. Nicht zu vergessen, dass die unbekannten Antragsteller auf keiner Weise in die Jugendfreizeit involviert waren, weder als Betreuer noch als Teilnehmer.

Was ich von diesem unverschämten, in allen Belangen blamablen Vorgehen eines Jugendgruppenleiters aus meinem Kreisverband hielt, muss ich wohl nicht sagen. Vor allem, dass da unter dem Deckmantel der Kindeswohlgefährdung ein so fahrlässiges Verhalten offenbart wurde, dass schon an eine mutwillige Verleumdung grenzte. Im Nachhinein bin ich mir zu 100% sicher, dass diese Personen Konstantin bewusst schaden wollten und selbst sein Tod sie nicht davon abhielt, sich gegen ihn zu verschwören.

Nachdem Becky und ich unser Gespräch beendet hatten, saß ich wie gebannt in meinem Bürostuhl. Die in mir aufsteigende Hitze ließ mich glauben, dass ich glühen würde. Alles in allem fühlte ich mich wie unter Fieber, mein Gehirn weigerte sich weiter all diese psychischen Schmerzen weiter hinzunehmen. Mein Körper fühlte sich an, als hätte ich viel zu viel Alkohol getrunken und würde nun die Entzugserscheinungen erleben. Ich merkte, dass ich nicht mehr in der Lage sein würde, noch lange bei Verstand zu sein. Also stand ich wie betrunken auf, verabschiedete mich schnell und bündig von Irene mit einer kurzen Erläuterung was los sein, was sie mehr als verstand, und fuhr ohne weiteres Abwarten nach Hause.

Dort angekommen schaffte ich es gerade noch, die Katzen meiner Eltern zu füttern, vergaß aber, sie anschließend aus dem Haus zu werfen. Auch meine mussten noch gefüttert werden, was mir enorm schwerfiel. Danach fiel ich wie ausgepowert auf mein Bett, schaffte es gerade noch meine Klamotten auszuziehen und das Licht auszuschalten. Zitternd von einem mich erfassenden Schüttelfrost zog ich die Decke über mich, krümmte mich in die embryonale Haltung und versuchte meine Atmung zu kontrollieren. Mein Kopf schien zu verbrennen, während der Rest meines Körpers zu erfrieren begann. Ich war buchstäblich nervlich wie auch körperlich am Ende und es war niemand da, der sich um mich kümmerte. Weder Alexandra, die die Tage auf Seminar war, noch Carola, die mich zu ignorieren schien, nie fühlte ich mich einsamer als in dieser Nacht. Hatte Konstantin sich auch so gefühlt, als er den Endschluss fasste, seinem Leben ein Ende zu setzen? Nein, so durfte ich nicht denken, ich würde nicht aufgeben, dazu musste ich für zu viele Leute da sein, dazu gab es zu viele Leute, die mich brauchten und für mich da sind. Es gibt immer einen Ausweg, immer eine neue Chance, das war immerhin mein Motto. Mit diesen letzten positiven Gedanken und dem Drang die Arschlöcher zu finden, die Konstantin das mit dem Gerücht angetan hatten, fiel ich fiebernd in einen dunklen Schlaf.

Freitag 20, Oktober

Die Nacht war ich nervlich und körperlich komplett ausgelaugt in einen tiefen, aber traumlosen Schlaf gefallen. Sämtliche Eindrücke, sämtliche Probleme des Vortages hatten mich so sehr geschädigt, dass selbst mein Unterbewusstsein nicht mehr in der Lage war, das Ganze in Träumen, oder Alpträumen verarbeiten konnte.

Mit einer tiefen, emotionslosen Ruhe, die mich vollends erfasst hatte, verbrachte ich den Vormittag damit, den Kindern den letzten Tag der Ferienbetreuung so angenehm wie möglich zu machen. In einer Pause veröffentlichte ich noch einen Zeitungsartikel über Konstantins Tod. Die lokale Zeitung hatte, ohne mit mir darüber zu sprechen, einen Artikel anhand unseres Social Media Beitrages verfasst. Naja, er war nicht schlecht. Also teilte ich ihn auch wieder über meine Storys. Der ganze Vormittag verlief sonst aber so, als sei nichts passiert und wir einfach nur am Ende der Betreuung angelangt. Kurz vor 12 Uhr schrieb mich Peter nochmal an. Er und sein großer Bruder hatten meine Story gesehen. Nun bat er mich, die Story wieder zu löschen. Hintergrund war, dass die Kinder seines großen Bruders noch nichts von Konstantins Tod wussten und er befürchtete, dass sie es über Social Media und das Teilen des Artikels zufällig erfahren würden. Für mich war es selbstverständlich, wobei es mich schon traurig machte, wenn ich an Konstantins Nichten und Neffen dachte. Er hatte immer Bilder gepostet, in denen er mit ihnen am Toben gewesen ist. Sowas nimmt mich immer sehr mit, dachte ich doch an meine eigenen Nichten und Neffen. Vor allem, da ich mich noch sehr gut an die Reaktion meinen Patennichte erinnern konnte, als ich ihr von Konstantins Tod erzählt hatte. Die Armen, so etwas ist einfach unbeschreiblich und eine der schwersten Aufgaben von Eltern.

Nachmittags sammelte ich wie fast jeden Freitag wieder meine Jugendgruppe ein. Vorsichtig testete ich an, wie die Kinder mit Konstantins Tod umgingen. Erstaunlicherweise zeigten sie zwar eine gewisse Trauer, aber ansonsten nahmen sie das ganze besser auf als gedacht. Im Bildungszentrum entschied ich mich dann, mit den Kids Trauerkarten zu basteln. Sie fanden die Idee super und so bastelten wir drauf los. Zwischendrin unterhielt ich mich mit Semir, Cindy und Sarah, die wie versprochen gekommen war, über die ganze Geschichte mit dem Gerücht und dass ich hoffte, dass es sich damit nun erledigt hatte. Aber um auf Nummer sicher zu gehen, wollte ich pro aktiv über den Suizid und dessen wahren Hintergrund, nämlich Konstantins Depressionen mit anderen sprechen. Nachdem die Kids fertig waren, nahm ich alle Karten an mich und legte sie in das Vorstandsbüro. Ich wollte sie Konstantins Eltern irgendwann nach der Beerdigung als kleinen Trost überreichen. Mein Tag war aber noch nicht mit dem Abliefern der Kids zu ende. Schnell noch zuhause die Katzen gefüttert und den Schlüssel bei Charlene, Andreas Frau, abgeben, da sie die Katzen in den nächsten Tagen füttern würde. Dann schnappte ich meine Sachen und fuhr in Richtung Hamburg los. Das Wochenende über nahm ich an einer beruflichen Fortbildung teil.

Im Hotel angekommen, bezog ich mein Zimmer, setzte mich aufs Bett, öffnete ein Bier, legte mein Handy beiseite und sah noch etwas fern. Irgendwie war es wie eine Art Urlaub vom Alltag, fern der Heimat in einem Hotel zu sein. Normalerweise würde ich bei solchen Fortbildungen noch einen langen Spaziergang durch den Tagungsort, doch mein Fuß machte sich immer schlimmer bemerkbar. Die Schmerzen ließen aber einen Spaziergang nicht zu. Schließlich machte ich den TV aus und legte mich schlafen.

Samstag, 21. Oktober

Seit dem Tod von Konstantin hatte ich nachts
keine Träume mehr gehabt, oder besser gesagt,
ich konnte mich nicht an sie erinnern. In der
letzten Nacht, in dem Hotelzimmer in Hamburg
hatte ich wieder einen gehabt und er ließ mir
am Morgen danach keine Ruhe.

Der Traum begann wie so viele Träume, die ich
schon so oft zuvor gehabt hatte. Es war ein
Traum, der mich mitten in eine unserer
Jugendfreizeiten brachte. Meist hatte ich diesen
Traum vor einer Fahrt, wenn auch im Traum
immer schon das Ende bevorstand. Mich
überkommt dann immer ein komisches Gefühl,
da ich mich nicht an den Ablauf der Freizeit
erinnern konnte und nun verwundert war, dass
schon alles wieder vorbei war. Dieser Traum war
aber irgendwie anders, denn es stand keine
Jugendfreizeit an, sogar im Gegenteil, hatte ich
sie doch nach Konstantins Tod für das
kommende Jahr abgesagt. Auch befand ich mich
nicht an dem möglichen Zukunftsort, sondern
vor dem Haus in Falun, in das wir 2006 gefahren
waren, die Fahrt, bei der dich Konstantin das
erste Mal als Teilnehmer getroffen hatte. Dort
blieb ich aber nicht lange, denn schon im
nächsten Moment, nur eine kurze Drehung, und
ich befand mich zwar wieder in Schweden, aber
in Granhedsgarden, auf dem Balkon des
Betreuerhauses. Neben mir standen Konstantin,
Mario und Eiko, sein bester Freund zu der Zeit.

Gemeinsam blickten wir auf den See, der vom Mond beleuchtet wurde. Bevor ich mir der Situation aber bewusst werden konnte, sagte Konstantins etwas und verschwand ins Innere des Hauses. Verwirrt von der Situation, die ich vor Jahren so erlebt hatte, folgte ich ihm. Kaum durch die Tür getreten befand ich mich nicht mehr in Granhedsgarden, sondern in Italien, genauer gesagt vor dem Restaurant Edelweiß in Arta Terme. Konstantin rannte laut lachend über die Straße, von einer wütenden Carola mit einem Gürtel schlagen gejagt. Daran konnte ich mich sehr gut erinnern, war es auf ihrer ersten gemeinsamen Freizeit gewesen. Um uns herum standen andere Betreuer wie Henry, Sarah, oder meine Eltern und lachten ebenfalls, wobei meine Eltern damals nicht dabei gewesen waren. Im nächsten Moment rannte mich Carola auf der Jagd nach Konstantin um und ich geriet aus dem Gleichgewicht. Als ich mich wieder gefangen hatte, war ich nicht mehr auf der Straße in Italien, sondern in der Bar des Campingplatzes auf Öland während unserer Bullytour 2022. Wie damals saßen Carola, Henry und Ingo an einem Tisch. Konstantin stand mit 2 Bier in der Hand neben mir. Ich selbst hatte drei Bier in den Händen und wir liefen auf die anderen zu. Die Szene hielt aber nicht lange, denn kaum sah ich hoch von den Bier in meiner Hand, als dass ich auf einem Stuhl unter einem großen Baum im Garten des schwedischen Rikstag saß. Carola las etwas auf ihrem Handy, Miriam lächelte mir zu und Konstantin nippte leicht lächelnd an seinem Bier. Miriam? Wieso war sie hier? War sie doch erst im Jahr drauf als Betreuerin dabei gewesen und auch da nie mit in der kleinen Sommerbar nahe des Rikstag gesessen. Fragend schaute ich mich zu Konstantin um, der mich nur anlächelte und entgegnete, dass Miriam ja nie mit uns hier gewesen wäre., was mich noch mehr verwirrte. Doch kaum war der Gedanke in meinem träumerischen Ich, da waren sowohl Carola als auch Miriam verschwunden und ich nicht mehr in Stockholm. Stattdessen saß ich an unserem See in Schweden, an dem ich über das Jahr schon so oft nach Entspannung gesucht hatte. Vom Ortswechsel nicht mehr so irritiert, schaute ich mich um und sah, wie Ruth, Antonia, Henry, Ingo, Mario, meine Eltern, Miriam, Johanna, Kristina und auch Carola die leichte Anhöhe hoch und in Richtung unseres Hauses liefen. Neben mir auf der Bank am See, saß nur noch Konstantin, der mich immer noch anlächelte und feststellte, dass nur noch ich und er da wären. Ich sah ihn an und wusste nicht, was ich sagen sollte. Nicht, dass ich nichts zu sagen hatte, aber ich konnte nicht reden, es kamen keine Worte aus meinem Mund. Verzweifelt griff ich mir an den Hals und schrie aus voller Kraft, aber nichts kam aus meinem Mund. Konstantin lächelte mich weiter an, war aber amüsiert, dass gerade mir mal die Worte, beziehungsweise die Stimme fehlt. Grinsend stand er auf, winkte mir zu, ihm zur folgen und ging ebenfalls in Richtung des Hauses. Auf der kleinen Anhöhe blieb er dann stehen und drehte sich zu mir um. Ich, immer noch stimmlos, versuchte nun ebenfalls aufzustehen. Doch wie zuvor bei meiner Stimme regte, sich kein Muskel, ich kam nicht hoch. Verzweiflung machte sich in mir breit, krampfhaft versuchte ich mich hochzureißen oder mich zu bewegen. Nichts ging. Da sah Konstantin, nun nicht mehr lächelnd zu mir rüber. Sein Blick wurde ernst und er rief mir zu, dass er nun einen anderen Weg gehen würde und es an mir wäre den anderen zum Haus zu folgen. Und ich solle auf sie aufpassen, vor allem auf seine Familie, meine Familie und Carola. Dann fing er wieder an zu lächeln und meinte abschließend, bevor er in die entgegengesetzte Richtung im Wald verschwand, dass ich mir keine Sorgen machen solle, es würde schon alles klappen. Mit aller Kraft versuchte ich mich loszureißen und irgendwie funktionierte es auch, nur um mich selbst nicht mehr am See, sondern am Strand von Öland, genauer gesagt beim Leuchtturm Langer Erik vorzufinden. In meiner Hand hatte ich einen großen, weißen Stein, auf dem Konstantins Name stand. Drumherum standen die Namen von Betreuern und Teilnehmern der Jugendfreizeiten, die Konstantin und ich gemeinsam gemacht hatte. Während ich diese las, tauchten sie hinter mir auf. Einer nach dem anderen, zuletzt Carola. Als ich sie sah, auf sie zugehen wollte, erwachte ich vom lauten Klingeln meines Weckers.

Den ganzen Tag über dachte ich über den Traum und seinen Inhalt nach. Es war schon komisch, denn zwar waren es fast ausschließlich Erinnerungen, zwar mit kleineren Fehlern, aber reell existierte Orte und Zusammenhänge, die ich mit Konstantin erlebt hatte. Lediglich das Ende passte nicht in irgendeine Erinnerung und war völlig neu. Zu sehr in eine detaillierte Analyse kam ich aber nicht, war ich doch mitten in deiner sehr anspruchsvollen Fortbildung und konnte es mir einfach nicht leisten, zu sehr abzuschweifen. Fast schon hilfreich war dabei, dass meine Erkältung scheinbar ihren Höhepunkt erreicht hatte und auch mein Fuß nur so schmerzte. Beides in Verbindung mit dem Inhalt der Fortbildung lenkten mich schon sehr ab.

Nach dem Abendbrot entschied ich mich, nicht mit den anderen Teilnehmern in die Bar zu gehen, sondern mich schon um 20 Uhr aufs Zimmer zu begeben. Mir fehlte schlicht die Muse, um mich mit den anderen Teilnehmern bei einem Bier losgelöst zu unterhalten, selbst wenn ich sagen muss, dass es eine großartige Truppe gewesen ist. Gedacht getan und so saß ich wie am Abend zuvor auf meinem Bett und hatte den Fernseher eingeschaltet. Zum ersten Mal an diesem Tag schaute ich da auch auf mein Handy. Ganze 12 Nachrichten von 12 verschiedenen Personen. Uff, es ging wieder los. Nichts mit dem Ruhigen, entspannten in meinem Hotelzimmer mit etwas TV zum

Abschalten. Ich begann also, fast schon reflexartig die ersten Nachrichten von Mitgliedern und Freunden zu beantworten. Bei einer Nachricht von Becky blieb ich hängen und schrieb ihr etwas ausführlicher. Sie machte sich Sorgen um mein Befinden und fragte deswegen etwas genauer nach. Ich versicherte ihr, dass es mir zwar nicht sonderlich gut ginge, aber ich zurechtkäme. In ihrer Sorge um mich war sie an diesem Abend aber nicht die einzige, auch Anton, ein ehemaliges Mitglied unseres Ortsvereins schrieb mir an diesem Abend sehr ausführlich. Man muss dazu sagen, dass Anton eine sehr einfühlsame, oder besser gesagt, gefühlsbetonte Person war. Er sah in Konstantin und mir Parallelen, da wir beide immer das Wohl der anderen über das eigene stellten. Beide, Becky und Anton schrieben mir also diesen Abend, da beide sich Sorgen um mich machten und wollten durch dieses Schreiben zeigen, dass sie für mich da sind. Ähnlich wie bei Sarah gab mir die Kraft, wenn auch es mich auch etwas angriff. Ich war nicht Konstantin und dass sich beide so sehr um mich sorgten, ließ mich in meiner eigenen Selbstwahrnehmung wanken. Nein, ich war nicht wie Konstantin, ich würde nicht über diese Klipper gehen, da ich immer in allem noch eine Hoffnung fand.

Erst nachdem ich die Nachrichten von den beiden beantwortet hatte, sowie die von 6 anderen, fiel mir auf, dass auch Carola mir geschrieben hatte. Ihre letzte Nachricht war ganze 3 Tage her und war vor meinem letzten Besuchsversuch geschrieben worden. Zuerst zögerte ich, die Nachricht zu öffnen. Was würde sie mir schreiben. In meiner müden Stimmung verfiel ich kurz wieder in den Zustand, den ich nach dem vergeblichen Klingeln am Mittwoch geraten war. Den Gedanken daran schüttelte ich aber schnell ab, tat er mir aus welchen Gründen auch immer weh, sehr weh. Ich öffnete die Nachricht und sofort war der letzte Zweifel verschwunden. Carola schrieb, dass sie die letzten Tage nur an Konstantin aber auch an mich gedacht hatte und die Situation sie völlig fertig machen würde. Ohne zu zögern, schrieb ich ihr zurück, wieder im Modus des helfenden Jan und versuchte sie aufzubauen. Ihre Antwort kann sofort, was schon etwas verwunderlich ist, denn Carola ist nicht unbedingt die Person, die sofort antwortete. An diesem Abend aber war es ganz anders, denn wir schrieben fast in Echtzeit. Zwischenzeitlich hatte ich dann 4 Gespräche, Becky, Anton und Andreas schrieben mir auch, am Laufen und kam fast mit den Inhalten durcheinander. Vor allem war es ein Tanz auf dem Vulkan, denn die drei wussten von Konstantins Suizid, Carola noch nicht. So tänzelte ich bei ihrem Chat drumherum, während ich bei den anderen drei konkret darüber redete. Nach einer Stunde mit diesen Power Chats schrieb ich allen vier, dass ich eben eine Pause machen würde, um zu duschen. Geschrieben, getan und als ich nach 15 Minuten frisch geduscht wieder aufs Bett sprang, hatten

Becky und Andreas sich auch generell verabschiedet. Nur noch Carola und Anton schrieben mir. Und das hätte mich fast einen riesigen Fehler machen lassen. Passt man bei 4 Chats noch bewusst auf, wem man schreibt, so lässt die Konzentration bei 2 doch etwas nach. Als ich Anton eine Sprachnachricht schicken wollte, in der ich mit einer Erläuterung und den Worten „und dann nahm es sich selbst das Leben" schloss, bemerkte ich, dass ich scheinbar gar nicht im Chat mit Anton, sondern mit Carola geschrieben hatte. Panik erfasste mich, ließ mich hektisch werden. Verzweifelt versuchte ich die Sprachnachricht zu löschen, sprang aber durch die Hektik wie wild in die verschiedenen Chats. Irgendwann schaffte ich es die Nachricht zu löschen, nur um zu bemerken, dass ich eine alte bei Carola gelöscht hatte. In meiner Panik hatte ich völlig übersehen, dass ich die Sprachnachricht doch an Anton und nicht an Carola geschickt hatte. Gelöscht hatte ich eine alte Nachricht an Carola. Mein Herz raste und ich lag schwitzend auf dem Bett. Boah, wenn Carola die Nachricht gehört hätte und so, kurz vor 0 Uhr nachts von dem Suizid erfahren hätte, nicht auszudenken. Und ich war über 300km entfernt und hätte ihr nicht beistehen können. Das hätte ich mir nie verziehen. Nun brauchte ich erstmals einen Moment, um durchzuatmen. Ich nahm mir vor, es Carola direkt nächsten Tag zu sagen, dieses Mal zum ersten Mal per Sprachnachricht und nicht mit einem Versuch sie zu besuchen.

Mit meinem Herzen nicht mehr so stark schlagend, wünschte ich Anton eine gute Nacht und beendete das Gespräch. Das Risiko, vielleicht doch noch den entscheidenden Fehler zu begehen, war mir zu riskant. Ich wollte mich voll und ganz auf den Chat mit Carola konzentrieren. Zumal dieser sehr emotional und intim wurde. Intim, da Carola viel von sich und ihren Gefühlen zum Tod ihres Vaters preisgab. Im Gegenzug schrieb ich ihr über meine Gefühle zu dieser ganzen Situation und wir schwelgten traurig gestimmt in alten Erinnerungen mit Konstantin. Um 2 Uhr nachts schlief ich schließlich ein, da keine Nachricht mehr von Carola kam. Höchste Zeit für mich zu schlafen, denn schon um 8:30 Uhr am Morgen ging meine Fortbildung weiter. Vom frühen Schlafen gehen und am morgigen Tag ausgeruht zu sein, würde ich weit entfernt sein. Aber der Chat mit Carola war mir wichtiger gewesen als meine Müdigkeit, wichtiger als meine Fortbildung, ja es war mir einfach das Wichtigste überhaupt gewesen, für sie da zu sein. An diesem Abend war sie für mich die wichtigste Person auf der Welt gewesen.

Sonntag, 22. Oktober

Die Nacht, wenn man sie überhaupt so nennen kann, war eine der kürzesten der letzten Woche für mich gewesen. Noch bis spät in diese Nacht hatte ich mit Carola geschrieben, immer im Hinterkopf, dass ich ihr noch sagen musste, dass Konstantins Tod das Resultat seines Suizidversuches gewesen ist. Dies hatte zu einem unruhigen Schlaf mit unzähligen Wachphasen, verwirrten Traumsequenzen und einem wilden hin und her im Bett geführt. Als mein Wecker um 7 ging, war ich von einer Erholung durch den Schlaf so weit entfernt, wie die Sahara davon von Regen fruchtbar zu werden. So schleppte ich mich aus dem aufgewühlten Bett ins Bad. Obwohl ich bereist am Abend geduscht hatte, zwängte ich mich hinein und lies das warme Wasser über meinen Körper und mein Gesicht fließen. Es gab mir das kurzzeitige Gefühl von Geborgenheit, die Wärme gab mir einen Moment von Entspannung.

Schon eine Stunde später befand ich mich im Seminarraum und war wieder in einer Welt, fern von Konstantins Tod, fern den damit verbundenen Problemen und fern von dem, was ich einigen Leuten noch mitteilen sollte. Zumindest schien es mir so die ersten Minuten. Es dauerte aber nicht lange, genau genommen nicht mal 30 Minuten in das Seminar hinein, dass ich wieder zurück gerissen wurde, zurück in die bittere Realität dessen, was mich schon seit 3 Wochen verfolgte und kaum ruhen ließ. Vor allem das lange Gespräch mit Carola vom Vorabend, oder besser gesagt von der letzten Nacht, nur wenige Stunden zuvor. Fast hätte ich durch einen Fehler Carola nebenbei erzählt, dass Konstantin Suizid begangen hatte. Bisher wusste sie noch nichts davon. Aber da es im Gottesdienst thematisiert werden sollte, musste ich es ihr vorher erzählen. Ich war der festen Meinung, dass sie es besser verkraften würde, es von mir zu erfahren, statt es im Gottesdienst zu hören. Vor allem aufgrund ihrer zuletzt komplizierten Freundschaft wollte ich sie diesen Schock nicht dort unter den anderen Trauergästen erfahren lassen. Nein, ich wollte es ihr vorhersagen und dann für sie da sein. Daher hatte ich mich noch in der Nacht entschieden, in einer der Wachphasen zwischen zwei mehr als verwirrenden Träumen, dass ich es ihr noch aus Hamburg erzählen würde. Ich würde nicht bei ihr vorbeifahren, sondern es ihr per Sprachnachricht mitteilen.

So war ich den ganzen Vormittag zwar körperlich und auch teils geistig im Seminar, jedoch mein Kopf war hauptsächlich dabei, die Sprachnachricht an Carola zu planen, tausendfach durchzugehen. Dabei merkte ich, wie sich eine Hitze in mir breit machte, ich sogar merklich anfing zu dehydrieren. Zwanghaft trank ich Wasser um Wasser, an der Hitze änderte es aber nichts. Kopfschmerzen machten sich breit und ich bewegte mich wieder wie im Film. Nach außen wirkte ich zwar angespannt, das bemerkte ich an den Reaktionen der anderen Seminarteilnehmer, jedoch ahnte wohl keiner von ihnen, dass ich innerlich verbrannt, der notwendigen Aufgabe zur Mittagsstunde näher fiebernd. Wahrscheinlich dachten sie, ich sei wegen der Aufgabenstellung im Seminar nervös, wirkte fahrig. Naja, wirklich aufwendig war die Aufgabe nicht und selbst in meinem komplett aufgelösten Zustand erreichte ich die notwendigen Parameter ohne größere Probleme. Und es war mir auch egal, denn es gab keine Notwendigkeit besonders hervorzustechen, besonders gut zu sein. Eben nur bestehen, etwas abliefern und nicht komplett zu versagen. Das war keine Herausforderung, die wahre lag anderweitig vor mir. So lief ich wie schon die Tage, ja schon seit Wochen, in dem bekannten Automatikbetrieb.

Dann kam die Mittagspause und damit der Zeitpunkt, an dem ich mich entschieden hatte, Carola die Nachricht zu schicken. Zum einen wollte ich ihr etwas Ruhe vor dieser neuerlichen Schreckensbotschaft geben, zum anderen wusste ich, dass sie sonntags meist mittags bei ihrer Mutter war. So wollte ich sicherstellen, dass sie nicht allein mit dieser Nachricht konfrontiert wird. Mir war wichtig, dass sie nicht allein damit war. Als dann alle anderen Teilnehmer des Seminares den Raum verließen, sich auf den Weg ins Restaurant des Tagungshotel machten, ging ich nicht gleich mit. Stattdessen ging ich, leicht vor Nervosität zittern hinaus auf den Zwischenhof, zückte mein Handy und sah mich um. Es sollte niemand in der Nähe sein, wenn ich die Nachricht aufnehmen würde. Niemand sollte meine gebrochene Stimme bemerken und dass ich den Tränen nahe war. Tief einatmend blickte ich aufs Handy, öffnete die App und suchte nach unserem Chatverlauf. Oh Mann, sie würde mich dafür hassen, wahrscheinlich würde sie nie wieder mit mir reden. Das war nun die dritte schlechte Nachricht, die ich ihr mitteilen musste und wir hatten uns erst vor kurzen wieder angenähert. Unsere Freundschaft war noch auf dünnen Eis nach Monaten der erzwungenen Stille. Mir war immer noch nicht klar, was genau dazu geführt hatte. Zwar hatte ich meine Vermutungen, Vermutungen, die sich zu 80% belegen ließen, aber ohne eine Klärung durch Carola, fehlten immer noch 20%, um es zu bestätigen. Diese fragile Beziehung zwischen uns beiden stand nun auf dem Prüfstand, war ich doch der Überbringer von schlechten Nachrichten. Nicht zu vergessen, dass die beiden im bösen auseinander gegangen waren, ebenso wie bei mir nicht nachvollziehbare Gründe, aber mit ihm konnte sie es nun nicht mehr klären. Würde sie sich das zu Herzen nehmen, sich vielleicht sogar eine Mitschuld an seinem Suizid geben? All das ging mir durch den Kopf und ich hoffte, dass sie mich zwar für die Nachricht hassen würde, aber sich das dann schnell legen und sie sich doch von mir trösten ließe. Nur so könnte ich ihr auch zeigen, dass Konstantin ihr nicht wirklich böse war, dass sich die Situation bestimmt gelegt hätte und wir drei in der Zukunft bestimmt wieder auf Freizeiten gefahren wären.

Mit schwitzigen Händen öffnete ich unseren Chat, drückte den Aufnahmeknopf und begann meine Nachricht aufzuzeichnen. Ganze 4 Minuten kamen zusammen, in denen ich ihr von seinem Suizid, aber auch meinen Ängsten ihrer Reaktion darauf erzählte. Nach dem Ende der 4 Minuten lies ich den Knopf los und damit schickte ich die Nachricht ab. Unwiderruflich und ebenso notwendig für die Zukunft. Tief durchatmen ging es mir durch den Kopf und ich packte das Handy wieder in meine Tasche und begab mich zu den anderen ins Restaurant.

Es dauerte nicht lange, ich saß gerade bei meinem Nachtisch, da kam die Nachricht zurück. Fast nervöser als beim Versenden der Nachricht, öffnete ich den Chat. Würde sie mich nun hassen. Etwas erleichtert sah ich, dass es nicht der Fall war. Sie war, wie erwartet völlig geschockt vom Suizid. Zwar hasste sie mich nicht, doch die Selbstzweifel wegen ihres Streits mit Konstantin brachen durch. So befand ich mich die ganze Mittagspause über damit beschäftigt, da gegenzuarbeiten und ihr zu versichern, dass Konstantin ihr nicht mehr böse war. Trotzdem war mir klar, dass egal, was ich ihr sagen würde, ein gewisser Zweifel würde immer bleiben. So ist das mit unerledigten Fragen und Problemen. Mit einem Toten kann man das nicht mehr klären und sowas nagt an einem. Ich gab also mein Bestes, um für Carola per Chat da zu sein. Gleichzeitig musste ich mich um den Abschluss meines Seminares kümmern. Irgendwann, die Mittagspause war gerade vorbei, kam auch keine Antwort von Carola mehr. Einerseits beunruhigt, anderseits etwas befreit, mich um mein Seminar kümmern zu können, hakte ich nicht weiter nach.

Erst als ich abends wieder zuhause war, kamen neue Nachrichten von ihr und wir schrieben bis tief in die Nacht über die großartige Zeit, die wir drei gehabt hatten. Für Carola, so schrieb sie, war es die beste Zeit ihres Lebens und ich muss zugeben, dass mich diese Antworten freuten. In all der Trauer, all dem Schmerz, den wir beiden gerade fühlten, den so viele Leute um uns herum fühlten, gab mir ihre Aussage Kraft und auch etwas Hoffnung, dass ich, wir alle die Sache überstehen würden und dann wieder gemeinsam in die Zukunft schauen würden.

Montag, 23. Oktober

Nachdem die Kinderferienbetreuung zu Ende war, konnte ich an diesem Montag etwas länger liegen bleiben. Dies, verbunden mit einigen Stunden tiefen Schlaf, gaben mir wieder etwas Kraft für das, was auf mich zukommen würde. Und es dauerte nicht lange, bis diese Zukunft, oder besser gesagt die Aufgaben, wieder in mein Leben traten. Wie sich herausstellte, hatte Peter am Wochenende drei volle Tüten mit Papieren, Unterlagen und Materialien aus Konstantins Wohnung vorbeigebracht und sie bei meinen Eltern abgegeben. Er dachte, dass es wichtig für die Arbeit im Ortsverein wäre.

An diesem Vormittag lagen nun diese Unterlagen auf meinem großen Esstisch im Wohnzimmer und ich wühlte mich durch die Rechnungen, Beitrittserklärungen, Schlüssel oder verschiedensten Briefe. Tief in meinen Automatismus verfallen lass ich die Briefe, die Antworten auf Konstantins Anfragen, Einladungen an ihn als Vorsitzenden oder seinen Notizen zu Gesprächen mit unseren Mitgliedern. Vieles davon hatte er mit mir besprochen, doch einiges war auch für mich neu. Hart war aber vor allem, dass ich hier ein Stück von Konstantin vor mir hatte, einen Teil seines Lebens und auch vielleicht ein Grund für seinen selbstgewählten Freitod. Kalter Schauer lief mir über den Rücken und setzte sich in meinem Kopf fest. Gleichzeitig überzog mich fast am ganzen Körper eine Gänsehaut. Allein der Gedanken, dass er genau diese Papiere noch kurz vor seinem Tod ordentlich zusammengefasst und hingelegt hatte, ließ mich erschaudern. Er hatte alles sorgsam geplant, vorbereitet und für seinen Suizid organisiert. Und ich saß nun hier mit dem Resultat dieser Planungen. In diesem Moment wurde mir zu ersten Mal so richtig klar, dass ich nun für all das verantwortlich war, ich nun die Nr. 1 war. Nr. 1, welch komischer Gedanke.

Wenn auch ich diese Nummer oft und in anderen Bereichen angestrebt hatte, es nun im Ortsverein zu sein, war nie mein Ziel gewesen. Nun saß ich da und war es, aufgezwungen durch Konstantins Freitod. Schließlich bemerkte ich, dass ich schon seit einigen Minuten auf das Papier gestartet hatte, ohne auch nur eines davon wirklich zu lesen. Ich war einfach im Gedanken versunken gewesen. Diese Erkenntnis ließ mich erneut grübeln, dieses Mal aber eher bewusst und zielführend.

Zwei Stunden später hatte ich alle Briefe durchgelesen, mir Notizen gemacht, welche ich beantworten müsste, was erstmal unnötig wäre und worum ich mich noch in diesem Jahr kümmern müsste. Fein säuberlich hatte ich die entsprechenden Papiere in verschiedenen Stapeln auf dem Tisch verteilt. Zufrieden nahm ich meinen Kaffeebecher, nur um zu bemerken, dass der Kaffee darin schon lange kalt war. Becher weg und griff nach dem Handy. Bei allem dem Grübeln und Bearbeiten der Unterlagen hatte ich kein einziges Mal auf mein Handy gesehen. Etwas, was ich seit Beginn der Krise nicht einmal getan hatte. Es hatte keine Stunde gegeben, in der ich nicht drauf gesehen hatte, Nachrichten gelesen und auch schnellstmöglich beantwortet hatte. Wie in den vergangenen Wochen hatte ich auch dieses Mal eine Reihe von Nachrichten, die meisten wieder von Leuten, die mich nach Rat wegen Konstantin befragten oder einfach nur wissen wollten, wie es mir ginge. Sorgsam beantwortete ich ihre Nachrichten.

Der Rest des Tages verlief ohne größere Vorkommnisse und ich hatte auch bei der Arbeit keinen Stress. Es war aber so viel los, dass ich meine Gedanken etwas von dem Trubel und der Trauer um Konstantins Tod loslösen konnte. Zumindest bis ca. 18 Uhr, denn neben den fast schon obligatorischen Nachrichten und Antworten, kam auch wieder eine Nachricht von Carolan. Wie nun seit fast drei Tagen fand ich mich in einem Hin und Her Chat mit ihr wieder, der noch den ganzen Abend hinein weiterlief, unterbrochen nur kurz durch meine Rückreise von der Arbeit nach Hause. Inhaltlich ging es, wie am Tag zuvor, vor allem um seinen Selbstmord und die große Frage nach dem Wieso. Wir schickten uns Bilder von vergangenen Touren zu, Sprachnachrichten gingen hin und her und ich bemerkte, dass ich mehr als versucht war, mich ins Auto zu setzen und zu ihr zu fahren. Doch da war noch immer dieser kleine Zweifel in mir, dass sie mich überhaupt sehen wollte. Die Vorkommnisse der Vorwoche, die vielen Male, die ich sinnlos vor ihrer Tür gestanden hatte, waren immer noch da. Also entschied ich mich schweren Herzens, nicht bei ihr vorbeizufahren. Stattdessen setzte ich mich zwar trotzdem in Auto, fuhr aber zu Alexandra. Ich brauchte nun jemanden, der sich um mich kümmerte, mich in den Arm nahm und mir etwas Wärme gab, wo ich mich wie in einem Eissturm fühlte.

Dienstag, 24. Oktober

Nachdem ich die Nacht bei Alexandra verbracht hatte, ging es morgens schon früh für mich los. Immerhin stand eine Tagefahrt in den Moviepark auf dem Programm. Für mich bedeutete das vielleicht endlich mal etwas Entspannung, Ablenkung und das nicht nur für eine Nacht, eine Stunde oder nur für einigen Minuten. Ich brauchte diese Entspannung wirklich dringend, denn neben all dem Mist, den ich wegen Konstantins Tod mit mir herumschleppte, all dem Zorn, der Trauer und all dem für andere da sein, gab es da noch die Geschichte mit Carola, die mich zwar nicht genauso aber trotzdem extrem beschäftigte. An sich war mir das alles viel zu viel, alles weit über das hinaus, was ich verarbeiten, bearbeiten oder erdulden konnte. Aber wenn ich es nicht täte, wer dann? Wer würde sich all diesen Herausforderungen stellen. Zum Glück war das diese Tagesfahrt heute. Einziges kleineres Manko, ich hatte Cindy als Beifahrerin. Nicht, dass ich grundsätzlich etwas an ihr als Person auszusetzen hätte oder ihrer Arbeit als Betreuerin, aber das war die Geschichte mit Carola, von der ich immer noch nicht wusste, was ich davon halten sollte, geschweige denn überhaupt was da zwischen den beiden vorgegangen war und welche Auswirkungen es auf ihr Verhältnis zu Konstantin und mir zu tun hatte. Fakt war, irgendwas war vorgefallen und Carola hatte danach Konstantin und mich als etwas Böses wahrgenommen. Eine Wahrnehmung, die, zu mindestens bei Konstantin, bis zu seinem Tod vorgehalten hatte. Ihre Sichtweise des Bösen hatte sich bei mir, naja, so glaubte ich, wenigstens etwas nachgelassen und uns durch die Trauer um Konstantin auf einem gemeinsamen Weg gebracht. Ein Weg, der trotz allem noch ein langer, kurvenreicher und voller Hindernissen sein würde.

Ich schob all das erstmal bei Seite, denn heute ging es um unsere Kids und einem für sie tollen Tag im Moviepark. Und, nicht zu vergessen, befand ich mich schon dauerhaft in einem ruhigen, automatischen Gemütszustand, der fern aller Emotionen meine Vorgehensweise kontrollierte und auch manipulierte. Manipulierte, da ich wie ein Roboter umherlief, tief gesenkte Stimme und mit einer scheinbar äußerlichen Ruhe, die sich auf meine Gefühle niederlegte. So fand saß ich dann am Steuer des Transporters voller Kids, mit Cindy auf dem Beifahrersitz neben mir. Bei allem Hin und her war sie eine Betreuerin, ein Mitglied des Ortsvereins, das auch mit dem Suizid des 1. Vorsitzenden zu kämpfen hatte. Entsprechend verlief die Anreise zum Moviepark auch in einem Gespräch zwischen ihr und mir über den Tod von Konstantin und was es für den Ortsverein bedeutete. Dies wiederrum sorgte für eine Kurzweiligkeit in der Fahrt und ruck zuck waren wir am Eingang zum Freizeitpark. Schnell noch einige Regeln für den Tag erklärt und die Tickets verteilt und schwupps waren wir im Park. An sich hatte ich ab diesem Zeitpunkt für mich geplant, allein umherzuziehen, das Flair des Parks auf mich wirken zu lassen und einfach die Seele baumeln zu lassen. Ich hatte bei diesem Plan aber die Rechnung ohne Cindy gemacht, die sich, so als hätte sie von meinen Tagesplanungen bei der Anreise nichts mitbekommen. Statt also allein gemütlich einen Kaffee zu trinken, saß ich nun mit Cindy und den anderen Betreuern, ich hatte sie noch schnell auch zu einem Kaffee eingeladen, an der Main Street in einem Café. Immer wieder deutete ich an, naja, ich sprach es offen aus, dass ich anschließend allein rumziehen wollte. Am Ende des Kaffees war aber auch das wieder obsolet. Kaum aufgestanden, da fand ich mich in einer kleinen Gruppe zusammen mit 3 Kids und Cindy. Langsam, aber sicher brodelte es dann doch schon unter der Oberfläche, doch noch waren meine Emotionen zu stark eingefroren, als dass sie dadurch ausbrechen könnten. Nach einiger Zeit, einer kompletten Runde durch den Park, gelang es mir, sehr direkt, mich loszueisen und nun doch endlich allein auf Tour. Fast schon befreit und von allem entbunden schlenderte ich durch den Park, die Luft tief einatmend. Jetzt kam auch die Befreiung meiner Sinne, wie ich es mir vorgestellt hatte. Ich genoss die kommenden Stunden, führte kurze Gespräche mit den anderen Betreuern, sah mir eine Show an und war einfach mal frei. Frei von allem, einfach frei und niemanden gegenüber verpflichtet.

Um 14:00 Uhr trafen wir uns zum Zwischencheck, ob alles in Ordnung war. Gleichzeitig war es der Startpunkt für mein Versprechen, dass ich noch in so manches der Fahrtgeschäfte mit den Kids gehen wollte. Gesagt, getan, und nicht viel später befand ich mich in der großen Holzachterbahn zusammen mit 3 meiner Kids. Zu meiner eigenen Überraschung machte es mir mehr Spaß als gedacht. Ich merkte, wie das Adrenalin durch meinen Körper sauste, Glücksgefühle überkamen mich und ich weinte vor Spaß. Von nun an gab es kein Halten mehr und ich rannte mit den Kids von Achterbahn zu Achterbahn, von Attraktion zu Attraktion. Es schien fast so, als wolle ich in dieser letzten Stunde noch alles erleben, was ich am restlichen Tag verpasst hatte. Um ehrlich zu sein, ich bemerkte, dass mich meine emotionale Ruhe, meine massiv stehende Abwehr, welche ich schon gar nicht mehr wahrnahm, mich zwar schützten, aber gleichzeitig von der Welt abschirmten. Dieser Modus, in dem ich mich befand, half mir alles zu erledigen, was die Situation mir entgegenwarf, aber voran mit mir selbst ging es nicht. Der Mensch in mir stand still, befand sich in Abwehrstellung. Nur mein Pflichtbewusstsein, dem inneren Zustand verwandt, hatte mich dazu gebracht, mich dem Spaß mit den Kids hinzugeben. Nicht weil ich selbst danach trachtete, mich auf den Spaß freute, nein, weil ich es den Kids versprochen hatte und sowas schon immer gemacht hatte. Im Grunde war es ein Glücksfall, denn nur so erkannte ich, was wirklich mit mir vorging, wie tief ich in der tiefen Trauer in ein emotionales Loch gefallen war, aus dem mich nun die Achterbahnen, wenn auch kurz, herausholten. Mir wurde bewusst, dass ich noch ein Leben mit Emotionen hatte. Fast schon überrannte ich die Kids nun damit, von einem Fahrgeschäft zu anderen rannte.

Nicht nur, dass sich meine Stimmung klar aufhellte, es gab mir auch wieder Kraft, positiv an die Sache mit Carola zu gehen. Trotz all der scheinbaren Misserfolge der letzten Tage, den Gedanken, dass sie mir trotz unserer Chats in Person aus dem Weg ginge, wollte ich doch nicht aufgeben. Immerhin hatte ich nun schon monatelang ohne sichtbare Besserung um ihre Freundschaft gekämpft. Und irgendwie konnte ich auch nicht von ihr lassen, sie aufgeben. Dazu wollte ich sie in ihrer Trauer nicht allein lassen, wollte dieses Mal richtig für sie da sein und ihr auch dadurch zeigen, dass ich nicht der Böse war, für den sie mich gehalten hatte. Denn eins ist auch klar, solche Gedanken, solche negativen Gedanken würde man nicht über Nacht ablegen oder besser gesagt verdrängen können. Etwas davon würde hängen bleiben, vielleicht ganz hinten, im Schatten, aber sie würden dableiben. Umso wichtiger war es nun, dass ich für sie da wäre. In meiner durch das Adrenalin und die Glückshormone gesteigerten Laune begab ich mich in einen der Läden. Zuvor hatte ich mich noch schnell von der Gruppe abgesetzt und erklärt, dass ich noch schnell versuchen wollte, ein Kuscheltier bei den zahlreichen Glücksspielen zu gewinnen. Was diese aber nicht wussten, mir war schnell klar, dass ich wohl mehr Geld bei den Versuchen ausgeben würde, als wenn ich gleich eins kaufen würde. Mein Plan war, mit diesem Kuscheltier Carola zu zeigen, dass ich an sich dachte. Ohne Druck, ohne klingeln, ohne persönliche Übergabe, nur vor die Tür gelegt. Wenn sie mich nicht sehen wollte, dann würde ich das Respektieren, ihr aber auch zeigen, ich bin da für dich. So eilte ich durch den Souvenir Laden und suchte nach dem passenden Kuscheltier. Schnell war es gefunden, ein Patrick Star. Ich schauderte kurz beim Blick auf das Preisschild. Ganze 50€ kostete das es. Kurz überlegte ich, ob ich nicht doch mein Glück versuchen sollte. Doch jedes Spiel kostete auch schon 10€. Was wäre, wenn ich nach 40€ noch nichts gewonnen hätte und dann doch einen im Laden kaufen würde? Der Gedanke hing kurz in meinem Kopf, aber dann griff ich Patrick und ging mit ihm zur Kasse.

Der Gruppe, vor allem Cindy erzählte ich, dass ich ihn gewonnen hätte. Sollte doch gerade sie nicht wissen, dass Carola und ich wieder Kontakt hatten, uns wieder annäherten. Um Carola zu schützen hatte ich davon niemanden erzählt, wirklich niemanden. Ohne Wissen, was da mit Cindy oder wer weiß wem noch vorgefallen war, war es mein Geheimnis und ging niemanden etwas an. Ich wollte kein Risiko in der aufblühenden Freundschaft zu Carola eingehen. Fast schon belustigt bemerkte ich, wie Cindy auf das Kuscheltier achtete. Sie versuchte sogar kurz, es mir abzuschwatzen, was natürlich ins Leere lief. Auch auf ihre Fragen, wem ich das gewonnene Kuscheltier schenken würde, antwortete ich mit Unwissenheit.

Die Rückfahrt selbst verlief entspannt und ohne Vorkommnisse. Nach knapp 2 Stunden hatte ich alle Mitfahrer abgesetzt und befand mich auf dem Weg zu Carola. Da ich noch mit dem großen Crafter unterwegs war und nicht unbedingt auffallen wollte, parkte ich das Auto eine Querstraße von der Straße entfernt, in der Carola wohnte. Unter anderen Umständen hätte ich direkt auf dem Parkplatz vor ihrer Wohnung geparkt, heute aber nicht. Im Gegensatz zu den anderen Besuchen wollte ich heute nicht von ihr gesehen werden. Still und leise wollte ich das Kuscheltier bei ihr vor die Tür stellen und wieder verschwinden. Die Kapuze meines Hoodies hatte ich deswegen über den Kragen meines Mantels geschoben und so lief ich nun die Straße entlang. Wenn mich jemand so sehen würde, ich würde mich höchst verdächtig machen, sah ich doch aus wie ein Einbrecher.

Und wenn nicht als Einbrecher, dann aber als eine Person, die nicht erkannt werden wollte. Allein das machte mich zu einer zwielichtigen Gestalt. Vorsichtig schlich ich mich die Auffahrt hinauf, immer die Tür ihrer Wohnung im Auge behaltend. Nur schnell absetzen, keinen Lärm machen und dann wieder verschwinden. Bloß nicht zu laut sein, ihre oder die der Nachbar auf mich ziehen. Schwaches Licht drang durch ihre Eingangstür und ich konnte leise Musik aus der Wohnung hören. Ganz sachte, mit ganz viel Gefühl setzte ich die Tüte, in der ich Patrick verfrachtet hatte auf den Absatz an ihrer Tür. Fast lautlos gelang es mir. Dabei horchte ich in die Wohnung, ob sich dort etwas regte, meine Aktion vielleicht bemerkt worden war. Doch nichts kam und ich verzog mich genauso leise wie zuvor von ihrer Auffahrt. Zügig lief ich auch die Straße zurück und um die Ecke zum Crafter. Im Auto atmete ich erstmal durch und lächelte. Geschafft. Nun hoffte ich, dass der 50€ Patrick Star etwas Positives für die Freundschaft zwischen Carola und mir bewirken würde. Noch schnell das Handy rausgeholt und Carola angeschrieben. Aber nur ein kurzes klopf, klopf, das Paket ist da, mehr nicht. Das schickte ich ihr, startet den Motor und fuhr los.

Ich war noch nicht mal aus dem Stadtviertel, in dem sie wohnte, als ich sah, dass ich eine Nachricht auf meinem Handy hatte. Nervös fuhr ich an den Seitenstreifen und schaute aufs Display. Es war tatsächlich Carola. Sie hatte

Patrick gefunden. Was mich aber noch mehr überraschte, wenn auch positiv, war, dass sie mich aufforderte, zurückzukommen. Es war nach Monaten das erste Mal, dass sie auf ein Geschenk von mir reagierte. Um ihr zu zeigen, dass ich nicht das Böse war, hatte ich ihr in den letzten Monaten immer mal wieder Geschenke gemacht, jedoch nie eine Reaktion erhalten. Ich wusste bis zu diesem Zeitpunkt auch nicht, was mit all den Geschenken passiert war. Nun aber, dank Patrick Star, wollte Carola mich sehen. Das erste Mal seit Anfang Juni, dass wir uns persönlich sahen, das erste Mal seit unserem Urlaub im Januar, dass wir allein oder andere Menschen reden würden. Das, was ich in diesem Moment fühlte, war besser als jeder Achterbahn gewesen. Endlich schien es so, als sei ich im Begriff, die Freundschaft mit Carola wieder in alte Bahnen lenken zu können. Ohne großes Zögern schrieb ich ihr, dass ich zu ihr kommen würde, drehte den Crafter um und fuhr schnurstracks auf den Parkplatz vor ihrer Wohnung. Keine 5 Minuten nach dem ich ihre Nachricht gelesen hatte, stand ich vor ihrer Tür. Nervös drückte ich die Klingel. Wie würden wir uns begrüßen? Würden wir uns wie früher umarmen oder wäre es mit Abstand? Diese und andere Gedanken gingen mir durch den Kopf, während ich wartete. Wie in Zeitlupe sah ich, wie sich jemand auf die Tür zubewegte. Mein Herz raste. Dann öffnete sich die Tür und Carola stand vor mir. Mein Gesicht versuchte gleichzeitig zu lächeln und traurig zu sein. Es war egal, denn kaum war die Tür offen, dann fand ich mich in einer altbekannten und nun so wohltuenden Umarmung wieder. Mehrere Sekunden drückten wir beide uns aneinander. Ich glaube gespürt zu haben wie bei uns beiden die Last von nahezu 6 Monaten Ungewissheit, 6 Monaten Kampf, 6 Monaten Leiden und 6 Monaten mit noch so viel mehr von uns genommen wurde.

Wir redeten noch gut über eine Stunde, vor allem über Konstantin und dass wir es nicht fassen konnte, dass Konstantin Selbstmord begangen hatte. Carola war merklich angespannt. Ein paar Mal ging ich zu ihr rüber, da sie den Tränen nahe war. Wenn ich dann versuchte sie in den Arm zu nehmen, wich sie aber immer ein klein wenig zurück. Auch bemerkte ich, dass sie, nach unserer anfänglich sehr intensiven Umarmung nun eher auf Abstand ging. Ich führte dies auf die lange Zeit unserer „Trennung" zurück, wusste ich bisher noch nicht, wieso sie sich damals von mir abgewendet hatte. Trotzdem schien sie aber meiner Nähe als Trost zu suchen, ja sie auch vermisst zu haben. Die spürbare Distanz war aber da und ich wollte nun auch nicht zu sehr daran rütteln. Zu fragil war die wieder aufkeimende Freundschaft für mich und ich wollte sie nicht schon bei unserem ersten Aufeinandertreffen wieder riskieren. So setzte ich mich auf ihr Sofa, ca. 2-3m von ihr entfernt und versuchte ihr zumindest mit meinen Worten

Trost zu geben. In einem waren wir uns aber ganz nahe, fast schon eins. Unsere gemeinsame Trauer darüber, dass Konstantin sich so allein gefühlt hatte, um dann Suizid zu begehen. Carola traf das nochmal etwas mehr, denn sie warf sich immer noch vor, dass sie im Streit mit ihm auseinander gegangen war. Wiederholt versicherte ich ihr, dass er nie wirklich sauer auf sie gewesen war, sich eher Sorgen gemacht hatte, was mit ihr los sei. Anders als ich aber, war er zwar mit ihr befreundet, aber nie so eng wie Carola und ich. Minuten verstrichen und es war, ausgenommen von der Trauer, fast wie früher. Aber nur fast, und mehr konnte ich auch nicht erwarten. Patrick Star hatte unterdessen einen besonderen Platz auf ihrem Sofa bekommen. Da sie morgens wieder zur Arbeit musste, beendeten wir unser Gespräch, wobei Carola mir noch eine kurze Führung durch ihre Wohnung zu kommen ließ. Wir bemerkten dabei, dass ich zum ersten Mal überhaupt bei ihr zu Besuch war. Ihre Katze fand das mehr als komisch und mochte sich nicht so an mich gewöhnen. An der Eingangstür zeigte Carola mir nochmal ihre Sammlung an Magneten, eine nicht unwesentliche Anzahl stammt von mir. Darunter auch einige, die ich in unserer „Wir reden nicht mehr miteinander" an sie geschickt hatte als Zeichen, dass ich immer noch da wäre für sie. Nun wusste ich endlich, dass sie sie bekommen und eben nicht weggeworfen hatte. In all ihrer Verzweiflung und ihrer Ablehnung mir gegenüber, hatte sie die Magneten doch aufgehoben. Ganz tief in ihr drinnen hatte sie mich also doch nicht hassen können.

Schmunzelnd wand ich mich der Tür zu, öffnete sie und wollte mich verabschieden. Wie früher nahm ich sie dazu in den Arm und wie schon bei meiner Ankunft wurde es eine sehr intensive Umarmung. Carola drückte mich an sich, von der Distanz während unseres Gespräches war kaum noch was zu spüren. So blieben wir fast 30 Sekunden lang im Flur stehen, bis ich mich abwand und ihr eine gute Nacht wünschte. Wir machten noch ab, dass ich mich bei ihr wegen der Beerdigung melden würde und dann verschwand ich ins Dunkel der Nacht.

Mittwoch, 25. Oktober

Nach den Ereignissen des vorherigen Tages, der Entspannung im Moviepark und der Versöhnung mit Carola hatte ich in der Nacht endlich wieder etwas mehr Schlaf bekommen. Das führte zu einer spürbaren Aufhellung meiner Laune, meines gesamten Zustandes. Ohne größere Vorkommnisse verlief der Vormittag entsprechend ruhig. Auch die Chats hatten sich beruhigt und es schien schon fast sowas wie Normalität einzutreten. Selbst die Chats mit Carola verliefen ruhiger und spürbar im Sinne des vorherigen Abends. Wir sprachen auch darüber, oder besser gesagt schrieben, dass wir gemeinsam zur Beerdigung gehen wollten.

Zuvor bot ich ihr an, dass sie mich am Donnerstag vor der Beerdigung an der Universität besuchen könnte. Im Rahmen der jährlichen Praxistage hielt ich das immer mehrere Vorträge. Ihr Wohnung lag nicht weit entfernt und wir könnten uns auf einen Kaffee treffen, um die Beerdigung zu besprechen.

Nachmittags machte ich mich, mit der neuen Entspannung auch an Kraft gewonnen, an die Fürbitte, um die mich die Familie gebeten hatte. Ich wollte es dem Anlass entsprechend mit Würde machen, aber es sollte auch gerade seiner Familie und auch allen anderen auf der Beerdigung Frieden spenden. Um einen Anfang zu finden, oder besser eine Richtlinie für meine Vorgehensweise, suchte ich im Internet nach Fürbitten, die speziell bei Selbstmord gehalten wurden. Statt der erwarteten längeren Suche warf meine Suchanfrage gleich sehr viele Seiten und Texte heraus, die sich mit dem Thema beschäftigten. Mit dieser Inspiration machte ich dann daran, meine eigene Fürbitte für Konstantin zu verfassen. Nach gut einer Stunde hatte ich meinen Text fertig und zeigte ihn Irene. Sie war davon sehr angetan und damit war ich mit dieser Aufgabe fertig, noch bevor es 16 Uhr war. Gerade passend, denn um diese Uhrzeit begann unsere Mädchengruppe. Schon kamen die ersten Mädchen, alle im Alter von 10-12 Jahren. Auch ihre Betreuerinnen Greta und Finja kamen ins Freizeitzentrum. Wir unterhielten uns ein wenig, natürlich auch zum Thema

Konstantin, beide kannten ihn von gemeinsamen Aktivitäten, als ich eine Nachricht auf meinem Handy bemerkte. Ein Blick auf das Display verriet mir, dass ich mehrere Nachrichten erhalten hatte. Als erstes las ich die Nachricht von Andreas, in der er mir mitteilte, dass sich zwei Ortsvereine mangels Personals von der Ehrenwache bei der Beerdigung abgemeldet hatten. Schwupps war die Entspannung des letzten Tages wieder weg. Da meine Abwehr jedoch durch die Entspannung sich noch in der Kabine befand, merkte ich wie ein Druck in meinem Kopf zu nahm, dem ich mich nicht entziehen konnte. Schnell versuchte ich mich zu beruhigen, war es zwar tragisch aber Hauptsache unsere Leute würden da sein. Dessen war ich mir wenigstens sicher. Leider sah ich dann eine andere Nachricht. Diese war von Marc, einem ehemaligen Betreuer auf unserer Freizeit und zudem Mitglied eines anderen Ortsvereins. Was er schrieb, überflutete mich derartig mit Stress, dass der Druck so sehr so nahm, dass ich es kaum ertragen konnte. Marc schrieb, dass ihm und allen anderen Mitgliedern seines Ortsvereines untersagt worden war, an der Ehrenwache teilzunehmen. Grund dafür wäre, dass Konstantin sich selbst umgebracht hatte, dass die Stadt Innenstadt ihn aufgrund einer Verurteilung wegen sexuellen Missbrauchs an Schutzbefohlenen gekündigt hätte. Eine Verurteilung wegen sexuellen Missbrauchs. Da war es wieder, das Gerücht der Vorwoche. Der Druck in meinem Kopf ließ mich in den Stuhl sacken. Ich spüre, wie meine Abwehr wie wild auf den Platz lief und sich mit aller Wucht auf die feindlichen Stürmer warf. Doch ihr Ansturm war zu mächtig, sie wurden schlicht überrannt. Meine Sinne schwanden und ich fühlte, wie sich meine Kräfte verabschiedeten, ich den unerträglichen Drang verspürte, mich unbedingt hinlegen zu müssen. Mein Gehirn signalisierte mir, dass ich nicht mehr lange durchhalten würde, mein Körper würde dem Druck nicht standhalten können. Fast wie in Trance

Stand ich auf, schaute Finja, Greta und Irene an sammelte alle Kraft und äußerte, dass ich nun gehen würde, damit ich meine Vorträge für den Praxismarkt vorbereiten könnte. Dies wollte ich in aller Ruhe zuhause machen. Da die drei sowieso die Mädchengruppe betreuten, würde ich nicht gebraucht werden. Mit dieser Ausrede, gegen die aufkommende Ohnmacht ankämpfend, wankte ich zur Tür hinaus, immer drauf bedacht, dass niemanden meinen erbärmlichen Zustand sehen würde. Sie bauten auf meine Stärke auf meinen Rückhalt, ich durfte keine Schwäche zeigen. Im Auto angekommen, sackte ich zusammen. Die innerliche Anspannung dieser enorme Druck machte mir immer mehr zu schaffen. Es war fast so, als würde die gesamte Last der letzten Wochen auf einmal auf mich einbrechen. Meine Abwehr, die ganzen Woche über meine effektivste Waffe gegen all die negativen Wellen, lag gefoult auf dem Rasen und war zu keiner Gegenreaktion mehr in der Lage. Nun lag es alleinig an mir. Innerlich fast ohnmächtig zwang ich mich in eine mentale Position, um noch mit dem Auto nach Hause fahren zu können. Zur Unterstützung riss ich die Musik voll auf. Wie ich es schlussendlich nach Hause schaffte, ist mir im Nachhinein immer noch unklar, kann ich mich an nichts von der Fahrt überhaupt erinnern. Zuhause angekommen, schaffte ich es kaum noch mich ins Schlafzimmer zu schleppen. Irgendwie gelang es mir sogar noch, meine Katzen zu füttern, bevor ich von dem Druck überwältig aufs Bett sank und fast schlagartig einschlief. Ich schaffte es nur noch gerade so, die Decke über mich zu ziehen, als mich ein Schüttelfrost überkam. Schluchzend lag ich da wie bei einem Migräneanfall oder nach übermäßigen Alkoholkonsum. Ich war schlichtweg zu nichts mehr in der Lage, mein Körper machte komplett zu, riss mich in die Bewusstlosigkeit. Stunden später erwachte ich, noch komplett bekleidet auf meinem Bett. Zwar war der Druck verschwunden, doch ich fühlte mich wie erschlagen, einer Erschöpfung erlegen, wie ich sie nur nach ganz intensiven und tagelangen Aktivitäten kannte. Es gelang mir in der Dunkelheit meine Kleidung abzustreifen und mich wieder unter die Decke zu ziehen, ehe ich erneut in einen tiefen Schlaf verfiel. Bevor ich ins Land der Träume verschwand, erhaschte ich noch einen Blick auf mein Handy Display. Aha, eine Nachricht von Carola und oh, es war erst 21

Uhr. Das war das letzte, was ich an diesem Tag wahrnahm.

Donnerstag, 26. Oktober

Schon um 7 Uhr ging mein Wecker und wenn die frühe Bewusstlosigkeit des Vorabends etwas Gutes hatte, dann dass ich nun völlig ausgeruht war. Kaum war ich aber wieder im Land der Lebenden, da schnellte die Nachricht von Marc in meinen Verstand. Kaum auf der Bettkante sitzen schnappte ich mir das Handy und las nochmal die Nachricht vom Vortag. Marc war darin klar anzumerken, dass ihm der Befehl, nennen wir es mal so, nicht gefiel und er nun von mir wissen wollte, ob das Gerücht zutreffen würde. Da es in diesem Moment schneller ging, nah ich meine Antwort als Sprachnachricht auf. Darin versicherte ich ihm, dass nichts daran wahr wäre. Sogar das Gegenteil war der Fall. Zum einen hatte Konstantin nie für die Stadt Innenstadt gearbeitet, noch gab es solch eine Verurteilung. Sogar das Gegenteil war der Fall gewesen. Konstantins Arbeitgeber wollte ihn im kommenden Jahr für höhere Aufgaben qualifizieren. Während ich es aufnahm, begab ich mich ins Bad und begann mich für meine Vorträge fertig zu machen. Keine 20 Minuten später war ich fertig angezogen und verließ das Haus. Ich brauchte nie lange, um mich fertig zu machen und Frühstück nahm ich grundsätzlich nicht zu mir. Bevor ich losfuhr, schaute ich nochmal aufs Handy. Da war eine Nachricht von

Carola. Stimmt ja, das hatte ich noch abends
bemerkt, aber nicht mehr antworten können.
Sie schrieb mir, dass sie tagsüber arbeiten
müsste und ich solle einfach abends
vorbeikommen, damit wir besprechen sollten,
wie wir geneinsam zur Beerdigung fahren
würden.

Gleichzeitig ging mir die ganze Zeit durch den
Kopf, wie ich mit der Sache von Marc umgehen
würde. Er war ein feiner Kerl und ich wollte ihn
nicht in Probleme bringen, nur weil er seinem
Herzen gefolgt war und mich informiert hatte.
Aber ich musste etwas tun, denn mit diesem
Gerücht und der daraus hervorgehenden Anti
Aktion gegen Konstantin, ja gegen sein
Vermächtnis, ja gegen den ganzen Verein. Diese
Gedanken prägten mich auch auf der Fahrt zur
Universität. Dort angekommen entschloss ich
mich, noch vor meinem ersten Vortrag Anke, die
Kreisgeschäftsführerin anzuschreiben.
Insgesamt bemerkte ich bei all den vielen
Gedanken, dass sich nach dem langen Schlaf
meine Abwehr wieder aufgestellt hatte und ich
in dem emotionslosen, automatisierten Zustand
zurückgekehrt war.

An der Universität angekommen, begab ich mich
zunächst zur Anmeldung für den Praxistag, holte
mir mein Namensschild. Angemeldet, mit einem
Kaffee bewaffnet begab ich mich wieder hinaus,
in den mit Bierzeltgarnituren bestückten
Innenhof und setzte mich hin. Die Luft um mich

herum hatte kaum 10 Grad Celsius, trotzdem setzte ich mich an einen Tisch, holte mein Handy heraus und begann den Chat mit Anke zu beginnen. Erst schrieb ich sie an, fragte nach, wann sie im Büro sei und dass ich sie dann anrufen würde. Ihre Antwort ließ nicht lange auf sich warten. Sie war bereits im Büro und auch für mich erreichbar. Ich entschied mich, sie direkt anzurufen und nicht alles im Chat zu schreiben. Sie war von den ersten Sekunden, in der ich ihr von dem Gerücht und dem Befehl zur Nichtteilnahme an der Beerdigung geschockt. Ihr war dies, ebenso wie mir, nicht bekannt gewesen und sie versicherte mir, dass es so einen Befehl nicht vom KV gäbe. Das dieser doch wohl m Umlauf war, zeigte ihrer Meinung nach, dass irgendjemand versuchte, das ganze vor den offiziellen Stellen geheim zu halten. Es war offensichtlich, dass der Befehl nicht über die normalen Kanäle wie den Chat der Sanitätseinheiten oder über die Kreisverbands Emails gelaufen war. Anke wollte dann wissen, was mit der Aussage von Marc, sie kannte seinen Namen nicht, ich hatte ihn ihr nicht genannt, die Kreisleitung hätte es verschickt, gemeint hatte. Wir verabredeten, dass ich das in Erfahrung bringen sollte. Zudem teilte ich ihr mit, dass ich einen offiziellen Brief an den Vorstand verfassen würde. Sie wollte den Brief dann schnellstmöglich weiterleiten. Gleichzeitig wollte sie den Vorstand selbst ansprechen.

Nach unserem Telefonat ging ich wieder in die Cafeteria, holte mir einen neuen Kaffee und begab mich in meinen Vorlesungsraum. Als ich eintraf, saßen schon einige Studenten darin und so blieb mir nicht wirklich Zeit, mich weiter um mein Problem zu kümmern, sondern sofort mit der Arbeit zu beginnen. Eine Stunde später war mein erster Vortrag fertig, es dauerte aber noch einige Minuten die neugierigen Fragen der Studenten zu beantworten. Dabei war es mir wichtig, dass keiner von ihnen mitbekam in welchen Zustand ich mich befand, also legte ich ein künstliches Lächeln auf und beantwortete geduldig ihr Fragen.

Nach dieser doch für mich guten Vortragszeit, es half mir etwas runterzukommen und meine Abwehr wieder aufzubauen für die kommenden Aufgaben, ging ich wieder direkt zur Cafeteria, meinen dritten Kaffee abholen, um dann mit ihm wieder auf der Bank im Innenhof zu sitzen. Es war etwas wärmer geworden, aber nicht wesentlich. Ich zog meine Jacke am Kragen etwas höher. Dick eingepackt begann ich wieder mit meinem Handy zu spielen und mehrere Chats gleichzeitig zu öffnen. Zuerst schrieb ich Marc. Ich versuchte herauszubekommen, was er konkret mit Kreisleitung gemeint hatte. Außerdem antwortete ich einigen meinen Mitgliedern aber auch meinen Helfern von der Arbeit, die Fragen zur Beerdigung hatten. Von Carola lag gerade keine Nachricht vor, was mir nur nebenbei auffiel. Ihr würde ich davon nichts erzählen, erst nach der Beerdigung hatte ich mir vorgenommen. Alle Nachrichten beantwortet, fing ich an, meinen Brief an den Vorstand. Dabei fiel mir auf, dass meine Optik gestört war. Mir war das schon die letzten Wochen, seit Konstantin ins Koma gefallen war, aufgefallen. Mit dem steigenden Stress schien es so, als würde meine Sehkraft schlechter werden, alles mehr und mehr verschwimmen. In den letzten Tagen war es eigentlich besser geworden, aber wie das somit eigentlich ist, es muss nicht so bleiben. Der neuerliche Stress sorgte für eine Verschlechterung und so kramte ich eine einfache Lesebrille heraus, die ich in einem Discounter gekauft hatte. Leider fand ich in meiner Tasche nichts vor, ich hatte sie wohl im Auto liegen gelassen. Naja, mit etwas guten Willen würde es auch so gehen. Zwar war die Schrift auf meiner Handy Textbearbeitung etwas kleiner, aber ich konnte es gerade noch so lesen. So legte ich los. Irgendwann bemerkte ich, dass mein Kaffee kalt geworden war. Hastig schaute ich auf die Zeitanzeige auf meinem Handy. Glück gehabt, ich hatte noch 15 Minuten bis zu meinem nächsten Vortrag. Ich speicherte noch schnell meinen Text, um dann wieder zu meinem Vorlesungsraum zu gehen.

Dieses Mal dauerte es sogar noch etwas länger, es gab mehr Fragen an den Anschluss meines Vortrags. Wie schon beim ersten tat die Ablenkung gut, doch kaum war ich wieder draußen, griff ich sofort zu meinem Handy. Marc hatte geantwortet. Mit Kreisleitung, so schrieb er, war sowohl der Kreisvorstand als auch die Kreissanitätsleitung gemeint. Die Antwort stellte mich nicht wirklich zufrieden, hatte ich mir doch eine klarere Abgrenzung erhofft. Und trotzdem, bei genauer Betrachtung hatte ich meine Antwort erhalten. Keinen Namen, keine direkte Spur, aber den entscheidenden Hinweis. Verband ich den Hinweis beim ersten Aufkommen des Gerüchtes mit der Aussage von Marc, so führte die Spur, auch durch ein Ausschlussverfahren, eindeutig zu einem speziellen Ortsverein. Gerade der Ortsverein, der seit seiner Gründung, oder besser Abspaltung im Dauerstreit mit meinem lag. Und wie es der Zufall wollte, hatte Konstantin dort einigen auf die Füße getreten. Dabei ist wichtig zu wissen, dass er ihnen intellektuell über gewesen war. Es war also ein Nachtreten bei einer wehrlosen Person, einem Toten. Wie tief konnte man sinken, wie tief waren die moralischen Werte dieser Personen? Man kann mit jemanden im Streit liegen, sich bis aufs Blut reizen, aber man greift keinen Toten an, vor allem nicht mit etwas, was frei erfunden ist. Damit hatten sie eine Grenze überschritten. Ich würde handeln, egal, was Anke machen würde, und eine Anzeige bei der Polizei aufgeben. Diesen Entschluss hatte ich soeben gefasst.

Nachdem ich Anke von meinen Erkenntnissen, also nur die Definition von Kreisleitung, informiert hatte, setzte ich mich wieder an meinen Brief. Das meiste hatte ich schon geschrieben, sodass ich schon nach einigen Minuten das fertige Manuskript hatte und es per Mail an Anke schickte. Mehr gab es jetzt nicht mehr für mich zu tun. Kurz überlegte ich, noch einige meiner Vorstandskollegen einzuweihen, doch verabschiedete ich mich davon recht fix. Es reichte, wenn ich damit belastet sei, da müsste ich sie nicht noch reinziehen. Um etwas klarer zu werden und mich auch etwas abzulenken, fuhr ich rüber zum Einkaufzentrum. Dort setzte ich mich zum Mittagessen in eines meiner beliebten All-You-can-eat Restaurants und genoss erstmal ein üppiges Mahl. Gut 90 Minuten verbrachte ich dort, wobei ich zwischen dem Kauen und Nachfüllen meines Tellers Carola eine Nachricht schrieb, dass ich abends bei ihr vorbeikommen würde. Sie hatte dann geantwortet, dass sie ab 18 Uhr zuhause sein würde. Gut gesättigt fuhr ich wieder zur Universität, denn dort lag nachmittags zwar kein Vortrag an, aber ich musste von 14-17 Uhr einen Infostand besetzen.

Später am Tag, Anke hatte mir zwischendurch nochmal geschrieben, saß ich wieder an meinem Brief. Anke hatte mich darauf aufmerksam gemacht, dass mein Text voller Fehler gewesen war. So ein Mist, hatte wohl doch nicht ohne Sehhilfe geklappt. Also hatte ich mein Tablet aus dem Auto geholt und nun mit vergrößertem Bildschirm war es mir selbst aufgefallen. Ich müsste, wenn all das vorbei war, dringend zu Arzt und mich wegen dieser Stress Symptomen untersuchen lassen, dass konnte nicht gesund sein. Die Fehler hatte ich schnell korrigiert und den Text erneut an Anke geschickt. Da es noch zu früh für den Besuch bei Carola war, ging ich erst nach Hause, der Tag war nicht spurlos an mir vorbei gegangen. Ich duschte, zog mich und machte mich erneut auf den Weg zu Carola, wie schon so oft in den letzten fast 4 Wochen. Im Gegensatz zu vielen der anderen Besuche, erwartete sie mich dieses Mal vor ihrer Tür. Um in Ruhe reden zu können und auch Luft zu holen, wollten wir ein kleines Stück spazieren gehen. Gemeinsam fuhren wir raus zum Außenhafen. Dort gab es einen fantastischen Ausblick aufs Meer. Außerdem befand sich dort eine Gedenkstätte für Seebestattungen. Carolas Vater war auf dem Meer verstreut worden und eine Tafel an der Gedenkstätte diente für die Verbliebenen als Anlaufstelle, ähnlich wie ein Grabstein auf dem Friedhof. Während wir auf den Parkplatz zu fuhren erzählte mir Carola von dem Unfall, der zum Tod ihres Vaters geführt hatte. Es war eine heftige Geschichte und es tat mir in der Seele weh, was Carola, dieser herzensgute Mensch in ihrem jungen Leben schon an Schmerz durchmachen musste. Ich verdrängte meine eigene Trauer, um voll und ganz für sie da zu sein. Sie öffnete sich mir, vertraute mir Dinge an, die sie sehr schmerzte. Da musste ich einfach für sie da sein. Am Mahnmal angekommen, es lag nur wenige Meter vom Parkplatz entfernt fast direkt an der Küstenlinie, zeigte sie mir sofort die Plakate mit ihrem Vater. Ich bin ehrlich, ich wusste in diesem Moment nicht, was ich sagen sollte, geschweige denn was ich tun sollte. Sollte ich sie in den Arm nehmen, sie durch körperliche Nähe trösten? Wollte sie das überhaupt? Würde das unsere noch frische Versöhnung dadurch in Gefahr gebracht? Würde sie es falsch verstehen? So verwirrt, lief ich nur hinter ihr her und versuchte wenigstens mit Worten etwas Trost zu spenden.

Wir bleiben noch einige Zeit am Mahnmal stehen und unterhielten uns über dies und das. Da es langsam kalt wurde, gingen wir dann aber wieder zum Auto. Auf der Fahrt zu ihr nach Hause besprachen wir, wann ich sie am nächsten Tag abholen sollte. Mit einer innigen Umarmung verabschiedeten wir uns an diesem Abend.

Kaum zuhause angekommen, sah ich, dass ich eine Nachricht von Anke bekommen hatte. Ich solle sie doch bitte nochmal anrufen. In meinem Sessel sitzen rief ich sie also an und sie teilte mir mit, dass sie mit dem Vorstand gesprochen hatte. Dieser hatte ihr, zumindest der 1. Vorsitzende und die Kassenwartin, versichert, dass sie nichts davon wussten und so etwas auch nie veranlasst hätten. Als sie vom Vorsitzenden sprach, musste ich innerlich schmunzeln. Ich hatte ihn per Chat auch um ein Gespräch gebeten, doch hatte nicht mal eine Antwort bekommen. Schwach, mehr als schwach, dachte ich. Ihr den Auftrag geben, mir das zu übermitteln, sich selbst aber nicht zu trauen, mir persönlich zu schreiben. Entweder um der Tatsache kaum Beweise zu geben, dass er doch davon wusste, oder er war einfach eine unfähige Persönlichkeit. Ich entschied für mich, dass es wohl beides sein würde. Das Gegenteil war unsere Kassenwartin Ines, welche ich laut Anke noch am selben Abend anrufen sollte, was ich im Anschluss machte.

Barbara war merklich erschüttert. In unserem Gespräch konnte ich den eigenen Schmerz über Konstantins Tod, vor allem aus der Sicht einer Mutter, aber auch die Wut über die bösartige Vorgehensweise unserer Gerüchteverbreiterin. In ihren Augen, dass stellte sie mehr als deutlich klar, gehörte diese Person nicht in unseren Verband und sollte rauskommen, wer das gewesen war, dann würde sie Maßnahmen einleiten. Eine Aussage, die mir guttat. Auch der Befehl würde umgehend noch an diesem Abend vom Vorstand zurückgenommen, versprach sie mir. Nach gut 30 Minuten beendeten wir unser Gespräch. Sie entschuldigte sich für ihre Abwesenheit bei der morgigen Beerdigung aufgrund eines Arzt Termins, dann war das letzte Gespräch für mich an diesem Tag gelaufen. Der Tag selbst war gelaufen, denn ich spürte nun eine tiefe Müdigkeit, sodass ich mich umgehend ins Bett begab. Der morgige Tag mit der Beerdigung würde noch schwer genug werden. Daher war Schlaf nun enorm wichtig für mich.

Freitag, 27. Oktober

Tag der Beerdigung

In fast sämtlichen Religionen gibt es einen Mythos zum Ende der Welt, dem letzten Tag. Oftmals wird dieses Vorkommnis als der Tag des letzten Gerichtes oder auch Tag der Erlösung genannt. Für mich war dies mein Tag der Erlösung.

Trotz der Anspannung hatte ich etwas Schlaf bekommen und erwachte um Uhr recht ausgeschlafen. Normalerweise griff ich dann immer sofort zum Handy, an diesem Morgen ließ ich davon ab und verlor mich einfach in den eigenen Gedanken. Als ich dann doch danach griff, war es bereist 9 Uhr geworden. Auf dem Handy waren wieder zig Nachrichten, die ich kurz durchging. Meist waren es welche von unseren Mitgliedern, doch auch eine von Marc und eine von Andreas. Zuerst lass ich Andreas, in der er mir mitteilte, dass die anderen Ortsvereine wieder für die Ehrenwache zugesagt hatten. Ahnend, was passiert war, öffnete ich die Nachricht von Marc. Und tatsächlich, er teilte mir mit, dass der Befehl aufgehoben worden war und das Gerücht von offizieller Stelle korrigiert wurde. Marc schrieb auch dass er hoffe, etwas dazu beigetragen zu haben, dass diese Ungerechtigkeit aufgeklärt worden war. Ich nahm sofort eine Sprachnachricht auf, in der ich ihm vielmals dafür dankte. Ohne seine Ehrlichkeit, sein Eingreifen hätte ich nie davon erfahren und das Gerücht über Konstantin hätte sich wie ein Geschwür verbreitet, das Erbe von Konstantin vergiftet und die Zukunft so mancher Kooperation ohne Wissen wieso beeinträchtigt. Beim Schreiben bemerkte ich, wie ich mich merklich entspannte, meine Abwehr, zwar immer noch in Lauerstellung, wirkte nicht aggressiv, eher ruhig und wachsam. In dieser Ruhe war mir aber eins klar, für mich war es damit, also mit dem Gerücht nicht vorbei. In einer Klarheit die mich langsam nicht mehr verwunderte, wusste ich, dass ich das ganze zur Anzeige bringen würde. Ja, ich würde es bei der Polizei anzeigen. Es wäre doch eine Kleinigkeit bei dieser Fülle an Indizien, herauszubekommen, wer es gewesen war. Wer der oder besser gesagt die Täterin war, die selbst den Tod nicht als Grenze sah, um gegen jemanden nachzutreten. Ein absolutes No-Go und es zeigte auch, welch moralisch minderwertig Person so etwas gemacht haben musste. Diese Person verdiente es nicht, in einer Hilfsorganisation aufzutreten, geschweige denn überhaupt dort Mitglied zu sein. Es war bloßer Hohn, dass diese Person sich auch noch mit ihrer angeblichen sozialen Arbeit brüstete. Aber das müsse noch warten, heute lag erstmal der letzte Gang für einen guten Freund an.

Ich ging den Tag ruhig an, duschte erstmal ausführlich. Dann zog ich mich an, wobei ich noch vor dem Schrank stehend überlegte, was ich anziehen sollte. Konstantin hatte in seinem Abschiedsbrief dazu aufgefordert, keine schwarze Kleidung auf seiner Beerdigung zu tragen. Klar wollte ich diesem Wunsch nachkommen, auch wenn ich ihn gerade bei einem Suizid als sehr egoistisch betrachtete. Da brachte sich Konstantin um, regelt bei Abschiedsbrief alles, dabei hatte er doch allen um sich herum so viel Schmerz bereitet. Ja, er stellte Wünsche für seine Beerdigung auf, nicht beachtend, dass gerade diese, seine Beerdigung für alle drum herum eine schwere emotionale Belastung, ja Qual sein würde. Am Ende entschied ich mich für eine schwarze Jeans, ein weinrotes Hemd, ein hellblaues Sportsakko und braune Halbschuhe. Fertig angezogen ging ich noch rüber zu meinen Eltern, um die Katzen zu füttern. Noch schnell einen Kaffee trinken, dann war ich schon auf dem Weg zu Carola. Wir hatten vereinbart gemeinsam zur Beerdigung zu gehen. Vorher wollten wir noch gemeinsam etwas frühstücken.

Spontan entschieden wir uns, das Café im Einkaufszentrum zu nehmen, da es auf dem Weg lag. Zudem wollte ich mir noch eine Lesebrille holen, meine Sehprobleme waren immer noch da. Ich wollte nicht ins Stottern geraten, wenn ich die Fürbitte vorlesen würde. Das wäre so schon peinlich, aber gerade bei einer Beerdigung geht das gar nicht. So fuhren wir hin und setzten uns gemütlich ins nicht zu volle Café. Ich bestellte mir einen Milchcafe, Carola einen Cappuccino. Zunächst redeten wir über die Beerdigung, wer wohl käme und wie es sich anfühlen würde. Es dauerte aber nicht lange, und das Thema kam wieder auf die zwischenmenschliche Beziehung zwischen Carola und Konstantin zurück. Wiederholt versicherte ich ihr, dass Konstantin keinen Groll gegen sie hegte bis zu seinem Tod. Dieses Mal, im Gegensatz zu unseren diesbezüglichen anderen Unterhaltungen ging Carola mehr darauf ein, wieso sie überhaupt im Sommer so über Konstantin und mich gedacht hatte. Sie erzählte, wenn auch nicht zu detailliert, dass sie naiverweise auf Cindy gehört hatte und ihr alles geglaubt hatte. Da war es, der Beweis, den ich gebraucht hatte. Schon fast von Anfang an hatte ich vermutet, dass Cindy ihre Finger im Spiel gehabt hatte. Immerhin war Carolin ihren Augen eine Konkurrentin um mich. Eine Konkurrenz, die nicht bestand, denn ich hatte keinerlei romantische Ambitionen für Cindy. Für mich war sie eine Kollegin im Verein, eine gute Bekannte, aber sonst hatte ich kein Interesse unsere Beziehung zu vertiefen. Das hatte ich ihr im Übrigen schon im Frühjahr mehrfach zu verstehen gegeben. Scheinbar ohne Erfolg, denn sie hatte nun im Sommer dafür gesorgt, dass die Freundschaft von Carola, Konstantin und mir auf Eis gelegt wurde. Und nicht nur auf Eis gelegt, sondern fast in ihrer Gänze aufgelöst worden wäre, hätte ich nicht die letzten Monate wie ein Bessener um sie gekämpft hätte. Ein Kampf der mich emotional schwer belastet hatte. Es war kein Tag vergangen, an dem ich nicht an sie gedachte, immer mit der Frage wieso sie mich plötzlich hasste. Stück für Stück hatte ich mich wieder in ihr Vertrauen geboxt, bis wir kurz vor Konstantins Tod wieder in einen fast normalen Modus kamen. Konstantins Tod hatte das ganze beschleunigt, wenn auch ich mir nicht sicher war, was das für die Zukunft bedeuten würde. Nun saßen wir aber hier im Café, fast wie früher, nur mitten in der Trauer um einen unserer besten Freunde. Mit fortschreitender Zeit entschieden wir uns, mir noch schnell eine Brille zu kaufen und uns dann zur Kirche zu begeben. Das Auto wollten wir aber schon beim Friedhof abstellen, da an der Kirche kaum Platz war. Zudem könnten wir so im Anschluss gut wieder loskommen. Das Wetter war auch nicht berauschend, eben Herbstwetter, sodass wir so keine dicken Jacken brauchten.

Auf dem Parkplatz trafen wir auf Greta, eine meiner ehrenamtlichen Helferinnen. Carola und sie begrüßten sich herzlich, hatten sich beide doch auch zuletzt vor unserem Zerwürfnis gesehen. Zusammen gingen wir die ca. 500m zur alten Dorfkirche. Es war derselbe Weg, denn wir nachher mit dem Trauerzug zurück zum Friedhof laufen würden. Allein der Gedanke daran ließ mich erschaudern. Je näher wir der Kirche kamen, um so dichter stellte sich meine Abwehr auf. Wenn würden wir antreffen, wer würde dort sein? Als wir um die letzte Straßenecke kamen, sah ich die ersten bekannten Gesichter vor dem Tor der Kirche stehen. Bei den drei Männer handelte es sich um Miro, Ben und Henry, drei Freunden von Konstantin. Henry war einige Jahre lang auch Betreuer auf meinen Freizeiten gewesen. Anfänglich sehr vielversprechend war er dann aber leider etwas von seinen Fähigkeiten und seiner Beliebtheit eingenommen, nicht mehr ganz so gut gewesen. Er hatte sich zu sehr auf seiner Beliebtheit ausgeruht, statt sich seiner Aufgaben bewusst zu sein. Schade, sehr schade, denn er war ein guter Betreuer, wenn er nur wollte. So war er dann auch in diesem Jahr nicht dabei gewesen. Konstantin und ich waren uns da einig gewesen, feiner Kerl, viel Talent, aber ohne das nötige Verantwortungsbewusstsein hatten wir ihn mal eine Auszeit gegeben. Wobei, dass muss man auch sagen, er die Chance gehabt hätte, denn wir haben alle Betreuer und Betreuerinnen der letzten Jahre angeschrieben und gesagt, dass sie bei Interesse sich bei uns melden könnten. In den Jahren zuvor hatte ich das noch anders gehandhabt und direkt gefragt, doch wollten Konstantin und ich so auch eben besagten Verantwortungsbewusstsein überprüfen. Henry hatte sich nicht gemeldet und so waren andere Betreuer mitgefahren. Dies hatte aber nichts damit zu tun, dass ich Jonas als Menschen weniger schätzen würde. Im Gegenteil, ich fand es schade, dass er sich nicht dazu entschlossen hatte, sich als Betreuer der Herausforderung zu stellen. Menschlich hielt ich ihn immer noch für einen feinen Kerl, hegt keinerlei Groll gegen ihn. Daher ging ich zu ihm rüber und drückte ihn zur Begrüßung, wobei es sich auch um eine Umarmung der Trauer war, des gemeinsamen Trostes. Auch die anderen beiden begrüßte ich mit einem Händedruck. Einige Minuten blieben wir draußen stehen, die drückende Ruhe hing tief zwischen uns. Niemand wusste was er oder sie sagen sollte. Um dieser Stille zu entgehen, ergriff ich die Initiative und bat Carola und Greta, dass wir uns in die Kirche begeben sollten. Mir ging es aber nicht nur um die unangenehme Stille, sondern auch darum, dass sich langsam wieder eine innere Unruhe in mir aufstieg, dieses heißkalte Gefühl tief im Nacken, dass sich dann bis in den Hinterkopf hochzog und sich über die Schläfen in die Stirn festsetzt. Beide ließen sich nicht lange überreden, ihnen schien es genauso wie mir zu gehen. Mit langsamen Schritten näherten wir uns der Eingangstür, an der der Bestatter stand. Neben ihm, auf einem kleinen Stehtisch lag das Kondolenzbuch, in dass sich jeder Teilnehmer der Beerdigung eintrug. Ich trug Carola und mich zusammen ein, nachdem sie mich darum gebeten hatte. Beim Eintreten gab uns eine weiter Person, wahrscheinlich ein Assistent des Bestatters die Trauerschrift. Noch im Laufen betrachtete ich die Lieder und Texte darauf. Bedächtig drehte ich das kleine A5 Heftchen in meinen Händen, doch als ich auf die Rückseite schaute, wurde mir heiß und kalt, meine Abwehr sprang schlagartig aufs Feld. Dort, auf der Rückseite lächelte mich Konstantin an. Und unter seinem lächelnden Bild stand ein Zitat von ihm. Dieses Zitat in Verbindung mit dem Foto trieb mir die Tränen in die Augen. Es zeigte Konstantins tiefe Verbundenheit zur Arbeit mit Kindern und Jugendlichen. Doch gerade diese Verbundenheit, diese tiefe Herzlichkeit hämmert ein riesiges Warum in meine Gedanken. Wie konnte jemand wie Konstantin, der so für die Menschen entrat, sich selbst das Leben nehmen und den Menschen um sich herum so viel Schmerz verursachen. Carola hatte wohl beim Anblick der Trauerschrift dieselben Gedanken und fast automatisch nahmen wir uns bei der Hand und drückten uns kurz. Wir spürten beide diese enorme Trauer um Konstantin, diese Verzweiflung und die große Frage „Wieso?"

In der Kirche war es noch sehr leer, was mich etwas verwunderte, war ich doch davon ausgegangen, dass wesentlich mehr Trauernde kommen würden. Naja, ging es mir durch den Kopf, wir waren recht früh da gewesen. Schweigend, ohne groß nach rechts oder links zu sehen, gingen wir in die Mitte der Kirche, dort, wo die Urne mit Konstantins sterblichen Resten stand. Schweigend blieben wir davorstehen. Ich nahm Carola in den Arm, wollte ihr beistehen, wobei ich es selbst auch für mich brauchte, ihr jetzt nahe zu sein. Irgendwie war es für mich wie

Balsam, wenn ich für Carola da sein konnte. Es tröstete meine Seele, wenn ich mich um sie kümmerte. Allein ihre Anwesenheit, ihre Nähe half mir durch diese schwere Zeit. Sie war, ohne es zu ahnen mein Anker, mein Seelenheil. Es ist schon komisch, was einem ein Mensch bedeuten kann, selbst wenn man nur nebeneinandersteht, sich nur in Freundschaft verbunden war, konnte ein Mensch so viel für einen sein, soviel tun, ohne es bewusst zu tun. Ich war froh, dass ich sie an diesem Tag bei mir hatte. Nur mit ihr würde ich es überstehen. Als wir mit unserer stillen Andacht fertig waren, sahen wir, dass Florian, Konstantins bester Freund, in einer der Reihen saß. Carola hatte das Bedürfnis zu ihm zu gehen, ihn zu begrüßen, ihre Trauer zu zeigen. So ging ich mit, froh, dass sie voran ging. Florian trug, wie wir es vermutet hatten einen Schal seines Lieblingsvereines, Konstantins Lieblingsvereines. Im Café hatten wir noch scherzhaft darüber gesprochen. Wie schon draußen bei den anderen, umarmten wir uns und ich bemerkte dabei, dass Florian froh darüber war, dass wir zu ihm rübergekommen waren. Es muss schwer für ihn gewesen sein, schwerer als für mich. Konstantin war einer meiner engsten Freunde, Florian war sein bester Freund. Und er war der gewesen, der bei der Türöffnung dabei gewesen war, der Konstantin nach seinem Suizidversuch gefunden hatte. Ich konnte mir den Schmerz nicht vorstellen, den er fühlen musste. Ach Konstantin, wieso hats du das gemacht, wieso hast du so viel Schmerz verursacht, ohne darüber nachzudenken. Was hatte dich bloß so weit getrieben.

Sitzen wollten wir aber nicht dort, wo Florian saß, es war uns zu nahe an dem Bereich, in dem die Eltern, die Familie sitzen würde. Deswegen gingen wir wieder etwas zurück, vorbei an Konstantins Urne und nahmen in einer etwas weiter zurückliegenden Reihe Platz. Dort saßen wir nun und warteten auf den Beginn der Trauerfeier. Welch komisches Wort, Feier und das in Verbindung mit dem Wort Trauer. Wenn das nicht pure Ironie war. Die Minuten verstrichen, die Kirche füllte sich nun doch. Carola kämpfte mehrfach mit den Tränen und von Zeit zu Zeit drückte ich sie sanft, um ihr zu zeigen, dass ich für sie da sei. Selbst hämmerte es in meinem Kopf und ich bemerkte, wie meine Hände leicht zitterten. Ungewöhnlich, denn sonst blieb ich bei Beerdigung, selbst bei dem meiner Großeltern immer ruhig, war stets gefasst. Hier und jetzt war alles anders. Mein Bruder kam herein und wir nickten uns zu. Er nahm mit seiner Frau einige Reihen vor uns Platz. Langsam gab es kaum noch Sitzplätze und der Assistent des Bestatters wies eintretende Trauergäste nun auf ihre Plätze ein, suchte bei jedem Gang nach noch freien Sitzmöglichkeiten. Dann, ich konnte es kaum noch aushalten, begann die Orgel zu spielen und am Eingang kam Unruhe auf. Das konnte nur ein bedeuten, die Familie und der Pastor kamen herein. Vorneweg seine Eltern mit Peter, der seine

Mutter stützte. Der Anblick erschrak mich zutiefst. Konstantins Mutter wirkte wie 20-30 Jahre älter. Es wirkte, als könne sie ohne die Unterstützung von Peter selbst die paar Meter von der Tür bis zur Sitzreihe direkt vor der Urne und der Kanzel nicht laufen. Wenn ich je einen gebrochenen Menschen gesehen habe, dann war es diese Frau. Kalte Schauer liefen mir den Rücken herunter, Tränen stiegen auf, die ich nur schwer unterdrücken konnte. Ich bemerkte, wie Carola meinen Arm drückte. Ohne Gegenwehr ließ ich es zu, wusste ich doch, dass wenn ich schon mit mir zu kämpfen hatte, wie würde es ihr nur ergehen. Wenn ihr mein Arm, meine Anwesenheit Trost spendete, dann könnte sie meinen Arm noch so doll drücken, ich würde es für sie nie beenden. Konstantins Vater wirkte, im Gegensatz zu seiner Frau gefasster. Doch ein kurzer Blick auf seine Augen zeigte, dass er ebenfalls, wie in Trance wirkte. Man sah ihm an, dass er die Situation zu erfassen versuchte, aber in einer Schleife aus Trauer und Unverständnis festhing. Dein Blick war leer, nach innen gekehrt. Hinten den dreien liefen Konstantins älterer Bruder, seine Frau und andere Verwandte. Ich konnte kaum hinsehen, vor allem, als sie vor der Urne stehen blieben. Der Scherz, den seine Familie fühlte, ich konnte ihn fast selbst spüren. Es ließ mich frösteln, grub sich tief in mein Bewusstsein. Mein Körper zitterte von dem Schauer, aber auch von der nervlichen Anspannung, die die spürbare Trauer bei mir auslöste. Die Zeit schien stillzustehen, als die Familie vor der Urne stand. Diese schwer ertragbare Stille, nur durch das Seufzen von Konstantins Mutter durchbrochen, schien sämtliche Trauergäste erfasst zu haben. Verstollen blickte ich mich um, die aufsteigenden Tränen wegwischend, um nicht zu offensichtlich aufzufallen. In all den Gesichter, bekannte wie auch unbekannte sah ich den tiefen Schmerz, das Unverständnis und das Mitgefühl für seine Familie. Erleichtert, leicht aufatmend sah ich, wie die Familie sich von der Urne abwendete und in der Sitzreihe direkt davor Platz nahm. Nur das Schluchzen seiner Mutter war zu hören, sonst kein Räuspern, kein Wort nichts hallte durch die Kirche.

Die Familie hatte sich gerade hingesetzt, da sah ich den Pastor auf die Kanzel zu gehen. Nun begann also die Trauerandacht, ging es mir noch durch den Kopf und ich sah zu Carola rüber. Erst jetzt bemerkte ich, dass ihre Augen rot von Tränen waren. Sie muss genauso wie ich den Anblick von Konstantins Familie nicht verkraftet zu haben. Als ich sie so ansah, es war nur ein bis zwei Sekunden, fiel mir auf, dass die Kirche doch nicht so leise war, wie es mir noch vor Sekunden vorgekommen waren. Von allen Rängen drang nun Seufzen, leichtes weinen und Schluchzen zu mir herüber, was mir einen erneuten Schauer verursachte. In meiner eigenen Wahrnehmung des Momentes war es leise gewesen, mein Geist hatte sich nur auf das Seufzen der Familie konzentriert und alles andere ausgeblendet. Während sich nun alle setzten und zur Kanzel hochsahen, wurde mir dies so richtig klar.

Der Pastor, oben auf der Kanzel stehen, begann mit seiner Predigt. Vorab hatte mich Peter schon informiert, dass darin auch der Selbstmord thematisiert werden würde. Doch zunächst erzählte er von Konstantins Leidenschaft zu Werder Bremen, seiner Liebe zu Schweden und den Jugendfreizeiten, die ihm so viel bedeuteten, von unserem Ortsverein und dem Stolz, den er hatte, als er Vorsitzender wurde. Aber auch von der Angst der Familie, die spürte, wie sich was in Konstantin veränderte, wie er es abtat und wie er trotz allem immer wieder für alle da gewesen war, bis zur eigenen Selbstaufgabe. Bei jedem seiner Worte spürte ich wie die Trauer, ja selbst etwas Wut, aber vor allem die Trauer von mir Besitz ergriff. Tränen bannten sich ihren Weg nach draußen, doch ich kämpfte damit, sie nicht einfach fließen zu lassen. Irgendwas in mir wollte sich der Trauer immer noch nicht hingeben. Und das, obwohl ich mir sicher war, dass es genau das richtig sein würde. Vor allem, da neben mir Carola saß. Sie gab mir einerseits Kraft, anderseits wollte ich für sie stark sein, für sie diesen Tag überstehen, mit ihr zusammen die Trauer besiegen. Zum wiederholten Mal sah ich zu ihr rüber, ergriff ihre Hand und drückte sie kurz. Carola sah mich an und ein Lächeln, ein trauriges Lächeln huschte über ihr Gesicht. Nur einem Moment lang, dann sah ich die Traurigkeit zurückkehren. Auch ich wendete meinen Blick wieder dem Pastor zu, der gerade dabei war, davon zu erzählen, wie Konstantin in seinem Abschiedsbrief beschrieben hatte, wie er sich fühlte. In seinen letzten Tagen hatte er sich einsam gefühlt. So einsam, wie man nur sein könnte, nur sich selbst sehend und sonst niemanden. Doch wie konnte das nur sein, das waren doch so viele Menschen, so viele Herzen, die für Konstantin schlugen. Trotzdem hatte Konstantin für sich die grausame Kälte der Einsamkeit gespürt und war davon nicht mehr losgekommen. Die Worte des Pastors, die Erkenntnis der Gnadenlosigkeit von Konstantins Depressionen und die damit zusammenhängende Endgültigkeit seiner Entscheidung erschlugen mich. Ich spürte, wie mein Nacken schmerzte, sich verkrampfte. Ganz klar eine körperliche Reaktion auf das, was ich gerade hörte. Ich atmete tief ein, lauter als gewollt. Mein Blick senkte sich, wusste ich gerade nicht, wohin ich sehen sollte. Der Pastor kam zum Ende seiner Andacht und kündigte ein Lied an. Lange konnte es nicht mehr dauern, bis ich die Fürbitte halten musste. In diesem Moment wurde mir erst klar, dass ich die Fürbitte von der Kanzel aus halten musste. Um dort hinzugelangen, musste ich sowohl an Konstantins Urne als auch an der Familie vorbeilaufen. Darüber, also das wie, hatte ich mir noch gar keine Gedanken gemacht Nun, kurz bevor es so weit war, konnte ich an nichts anderes mehr denken. Nervös fingen meine Beine an zu zittern, durch dir Nervosität zu wippen. Carola und Greta schienen meine Unruhe zu bemerken und beide griffen nach meinen Armen, rückten naher an mich ran. Das tat gut, muss ich ehrlich gestehen, wobei die Gedanken verschwanden, nicht. Ich spielte jedes Szenario durch. Direktes durchgehen, ohne zur Seite zu sehen, nur seine Eltern ansehen, nur vor der Urne stehen zu bleiben. Im Geist lief ich zig Mal zur Kanzel, immer wieder anders, immer wieder hoch zur Kanzel. In dieser Anspannung merkte ich, wie meine Finger verkrampften. Neben dem Wippen meiner Beine musste ich nun meine Finger strecken, die Verkrampfungen rausschütteln. Das Lied ging zu Ende und der Pastor erhob sich von seinem Platz. Ohne große Umschweife kündigte er mich mit vollem Namen, auch das es der Wunsch der Familie gewesen war, die Fürbitte an. Dabei erklärte er, dass wenn in Konstantins Familie eine Fürbitte gehalten werden musste es immer Konstantin gewesen war, der dies getan hatte. Immer Konstantin, oh Mann, das war jetzt ein Schlag in den Magen. In seiner Familie war es immer Konstantin gewesen, der die Kraft gehabt hatte, die Fürbitte zu halten. Bei seiner eigenen Beerdigung hatte sich die Familie entschieden, dass ich es tun sollte. Welche eine Ehre verbunden mit noch mehr Druck für mich. Einmal kurz durchgeatmet, dann stand ich auf und verließ die Sitzreihe. Als ich so auf den Gang kam, war ich wie in einem Tunnel, fokussierte mich auf meine Aufgabe, drückte die Nervosität sei Seite. Die Frage, ob ich vor seinen Eltern stehen bleiben würde. Mit meiner Abwehr in voller Stärke auf dem Platz positioniert, blieb ich zunächst vor Konstantins Urne stehen, senkte den Kopf und sprach innerlich ein kurzes Gebet. Dann drehte ich mich um, der Familie direkt entgegen. Allen Mut aufbringend blickte ich direkt seiner Mutter, seinem Vater und Peter an. Eine kleine Geste des Bedauerns, kaum 2 Sekunden lang und ich befand mich wieder auf dem Weg zur Kanzel. Geschafft, geschafft, ging es mir durch den Kopf. Das Härteste hatte ich überstanden, so schien es mir. Ab jetzt ging es nur noch darum, das von mir verfasste Gebet vorzutragen, ohne dabei zu nervös zu sein. Oben auf der Kanzel holte ich meinen Text hervor und setzte die Brille auf. Dann blickte ich nochmal in die Trauergemeinde und zur Familie und kündigte an, ein Gebet sprechen zu wollen. Langsam sah ich die Köpfte der Trauergemeinde sich senken. Ein kurzes Ein- und Ausatmen, dann las ich den Text von meinem Zettel. Fast schon automatisch, war es nicht das erste Mal, dass ich von einer Kanzel sprach, nur das erste Mal bei einer Beerdigung, betonte ich einzelne Worte, setzte Pausen und brachte etwas Gefühl in meiner Aussprache. Dann, nur eine Minute später, war ich fertig. Sorgsam faltete ich das Blatt Papier, steckte es in meine Hosentasche, setzte die Brille ab und verließ die Kanzel. Auf dem Weg zu meiner Sitzreihe blickte ich nochmal zur Familie, nickte ihr kurz zu. Es war aber nur ein kurzer, schweifender Blick, ohne wirklichen Blickkontakt. Eine reine Geste der Ehrerbietung.

Als ich wieder saß, zwischen Carola und Greta, ergriff Carola meine beiden Hände und legte sie auf ihre Beine. Ihre Hände umschlungen dabei meine und ich spüre ihre Wärme. Ich lächelte ihr müde zu, noch wie in Trance meiner zurückliegenden Aufgabe noch nicht ganz entschwunden. Meine Abwehr löste sich nur schwer von dem aufgebauten Abwehrschema. Einige Sekunden hielt sie mich so fest, bevor sich unsere Hände lösten. In dieser Bewegung glitt ihr mir zugewandter Arm hoch und ihre Hand streichelte nochmal fürsorglich meine Schulter, bevor wir beide uns wieder voneinander trennten und in eine gerade Sitzposition übergingen. Ich hatte es überstanden, doch wieso war ich mir dessen so erleichtert? War es doch nur ein Gebet gewesen, ein Text vorlesen. Seine Familie saß hier und blickte die ganze Zeit auf einen kleinen Behälter, eine Urne, in der die Überreste ihres Sohnes, Bruders und Onkels lagen. Sie erlebten gerade grausames und ich war wegen eines kleinen Gebetes nervös gewesen. Wie sehr sich Sichtweisen doch unterscheiden könnten. Oder befand ich mich selbst gerade in einer speziellen Art der Trauer, versuchte ich meine eigene Trauer runterzuspielen, nur um sie weniger wichtig zu machen? Wollte mein Verstand sogar versuchen mich aus einer tiefer gehenden Frustration zu befreien und mich damit vor Schaden zu bewahren. Ich war mir nicht sicher. So im Gedanken versunken nahm ich die Worte des Pastors nur entfernt war. Langsam, ganz langsam kam ich aus diesem Gedankenvorhang heraus, zurück an das Licht der Realität. Viel hatte ich scheinbar nicht verpasst, meine Gedanken waren wohl sehr schnell gewandert, schneller als die Wirklichkeit vorangeschritten war. In dieser Wirklichkeit war der Pastor ans Ende des Gottesdienstes gekommen. Bevor er jedoch zur Urne herabsteigen würde, um dann mit dieser zum nahen Friedhof zu gehen, würde noch, auf Wunsch von Konstantin, eines seiner Lieblingslieder gespielt werden. Ein Lied von Konstantins Lieblingsband Coldplay mit dem Titel Fix it. Carola stieß mich an, hatte sie doch schon mit diesem Lied gerechnet. Mir war es nur entfernt bekannt. Andächtig lauschte ich, als die Musik begann. Der Text handelte von der Einsamkeit, aber auch wie man es behandeln könnte. Und während ich so lauschte, blickte ich zur leeren Kanzel und zu Konstantins Urne. Inspiriert von den Klängen, stellte ich mir vor, wie Konstantin oben auf dem Dach der Kanzel saß, seine Beine herunterhängend und zur Melodie baumelnd. Auf seinem Gesicht ein leichtes, verschmitztes Lächeln. Fast schon elegant, mit einer luftigen Leichtigkeit schwank er sich dann hinab, landete leichtfüßig auf dem Boden der Kirche und ging rüber zu seinen Eltern. Dort so stellte ich mir vor, wurde sein Blick traurig und er streichelte das Gesicht seiner Mutter. Nur kurz und nur ganz flüchtig, als dann er sich, die Melodie pfeifend, seiner Urne zu wand, kurz erstaunt den Kopf in Amüsement schüttelte und dann auch davon abwand. Zuletzt, mit den letzten Klängen des Liedes schlenderte Konstantin dann den Mittelgang der Kirche entlang dem Ausgang entgehen. Als er auf meiner Höhe angelangt war, nickte er mir noch kurz zu, um dann aus der Tür hinaus in die Welt zu entschwinden.

Der Weg hinaus war wie schon der Eingang der Familie eine emotionale Achterbahn. Verstohlen senkte ich den Blick, als sie der Urne folgend an mir vorbeiliefen. Ich konnte es einfach nicht ertragen, seine Familie in ihrer tiefen Trauer in die Augen zu sehen. So war ich auch nicht darauf bedacht, schnell hinter ihnen die Kirche zu verlassen und während des Trauerzuges in ihrer Nähe zu sein. Fast ganz zum Schluss, als einige der letzten verließen Carola, Greta und ich die Kirche. Als wir zur Kirchentür hinauskamen, sah ich meine Mitglieder, wie sie am Eingangstor zum Kirchenhof zur Ehrenwache aufgestellt waren. Mir wurde bewusst, dass es noch nicht vorbei war, denn für jeden Trauernden war der Gang vorbei an der Ehrenwache eine bewegende Sache. Immerhin standen dort Menschen und erwiesen dem Verstorbenen die letzte Ehre. Eine Ehre, oder besser gesagt Liebe, Zuneigung, die Konstantin nicht mehr wahrgenommen hatte. Aber auch was anderes ging mir durch den Kopf. Kaum draußen sah ich Cindy inmitten der Ehrenwache. Und sie sah mich, mit Carola die Kirche verlassen. Daran hatte ich nicht gedacht. Hier und heute, zum ersten Mal, nachdem sie dachte, sie hätte Carola und mich auseinandergebracht, würde Cindy bemerken, dass wir wieder miteinander reden würden, ihr Plan fehlgeschlagen war. In dem Moment, in dem sie uns sah, konnte man dieser Erkenntnis klar und deutlich erkennen. Eine Erkenntnis, die ihr nicht gefiel, soviel war sicher. Sofort senkte sie ihren Blick, weg von Carola und mir. Beim Passieren der Ehrenwache versuchte ich ihrem Blick zu entgehen, gleichzeitig allen anderen meine Dankbarkeit für ihr Erscheinen zu zeigen. Außerdem wollte ich eng bei Carola bleiben, denn noch war nicht alles überstanden und ich wollte für sie da sein. Die frische Luft tat aber gut, beruhigte enorm. Es fühlte sich schon fast befreiend an. Schritt um Schritt näherten wir uns dem Friedhof. Dort angekommen, bemerkte ich, dass sein Urnengrab nicht wie vermutet in der Nähe des Grabes meiner Großeltern, sondern gleich vorne an lag. Mit gebührendem Abstand, nahe dem Eingang zum Friedhof blieben wir stehen. Von dort hatten wir einen direkten Blick auf das Grab zusammen mit der trauernden Familie. Hinter uns formierten sich die Mitglieder der Ehrenwache. Auch Cindy kam, lief aber dann etwas weiter, jedoch in Sichtweite zu Carola und mir. Ich konnte sehen, dass sie ihren Blick gesenkt hatte, und es vermied mich oder Carola direkt anzusehen.

Am Grab wurde nochmal das Vater Unser gesprochen. Dann ließen die Bestatter die Urne an einem Seil hinab. Konstantins Mutter bracht förmlich zusammen, wurden nur von Peter, seinem Bruder und seinem Vater davon abgehalten, komplett auf die Knie und damit in den Matsch zu sinken, der den feuchten Rasen durchdrang. Der Anblick schmerzte mich sehr. Ich trat näher an Carola heran, griff an ihre Schulter und strich sanft darüber. Und dann war es vorbei! Langsam verschwanden die Trauernden den Friedhof. Eine Arbeitskollegin, so vermute ich, blies Seifenblasen an seinem Grab. Eine Mutter, sie lief direkt vor mir, erzählte wie Konstantin als Jugendlicher mit ihrem Sohn samstags immer in ihrer Küche gesessen hatte. All diese Geschichten rund um einen jungen Mann, der so vielen etwas bedeutet hatte. Ein junger Mann, der nun in der Erde ruhte.

Nachdem wir selbst noch am Grab gestanden hatten, blieben Carola, Greta und ich noch bei meinem Bruder und einigen Mitgliedern meinen Ortsvereins stehen. Während Carola sich mit Greta unterhielt, holte ich meine Mitglieder zusammen und dankte ihnen. Mir flossen die Tränen dabei und es fiel mir merklich schwer nun für sie der Fels zu sein. Einzig Cindy blickte nicht auf, blickte versteinert zum Boden. Ich gestehe ihr zu, dass sie auch wie alle anderen tief getroffen von Konstantins Tod war, trauerte so wie wir alle. Aber es lag auch etwas

Erschütterndes in ihrem Blick, dass nichts mir Konstantins Tod zu tun hatte, sondern eher mit der Tatsache, dass Carola und ich trotz ihrer Gegenarbeit heute hier zusammenstanden. Meine Ansprache war kurz, wollte ich die Situation nicht zu sehr ausdehnen, immerhin waren wir alle von der Beerdigung ergriffen. Konstantins Tod hinterließ bei allen unseren Mitgliedern ein tiefes Loch. Nicht zu vergessen, dass viele noch sehr jung waren. Für einige war es wohl die erste Begegnung mit dem Tod. Dazu die Tatsache, dass es ein Suizid war, machte die Sache noch unerträglicher. Wenn es mich schon so traf, jemanden mit Erfahrungen im Umgang mit dem Tod, wie sollte es ihnen ergehen. Trotzdem sah ich es als meine neue Pflicht an, tröstende Worte und Gesten an sie zu richten.

Wir standen nicht lange da, teilweise in einer Umarmung, teilweise dicht beisammenstehend und redend, als einer der Bestatter kam. Wie es schien, waren von den vielen Trauergästen kaum welche rüber zur Teetafel gegangen. Nun bat die Familie darum, dass man doch eben vorbeikommen sollte. Was für eine Situation, da saß die Familie in ihrer Trauer und niemand tauchte auf. Problem für mich war, dass ich von all dem der letzten Wochen, ja der Beerdigung selbst so ausgelaugt war, dass ich es nicht schaffte, jetzt nochmal der Familie in die Augen zu sehen. Vielleicht lag es daran, dass ich nach dem Gebet, der Fürbitte, gedanklich schon abgeschlossen hatte. All die Last, all die Qualen waren von mir abgefallen. Irgendwie hatte sich die Beerdigung und die anschließende Beisetzung gut angefühlt, wie ein Abschluss, ein Punkt am Ende des Satzes. Mein Körper entspannte sich, mein Geist konnte durchatmen und alles war plötzlich in der Nachbetrachtung wie ein Film. Ich fühlte mich befreit und konnte, wollte jetzt in diesem Moment nicht nochmal in die Trauer zurückfallen. Der sichtbare Schmerz der Eltern, ja aller Anwesenden würde mich einfach umhauen. Daher entschloss ich mich, nicht hinzugehen. Zwar kämpfte ich mit mir selbst, doch als meine Mitglieder sich fast geschlossen dazu entschieden, zur Teetafel zu gehen, war ich schon erleichtert. Ihre Anwesenheit würde der trauernden Familie Trost spenden. Ein bisschen blieb mir aber ein Funken des schlechten Gewissens. Daher bat ich meinen Bruder, dass er mich entschuldigen möge. Ich war einfach nicht in der Lage. Er solle ihnen aber sagen, dass ich in der kommenden Woche nochmal zu Besuch käme, zusammen mit meinen Eltern, wenn diese aus Schweden zurückkämen. Carola wollte auch nicht zur Teetafel. Ich denke, sie konnte den Anblick von Konstantins Eltern nicht ertragen. Das war okay für mich. Hätte sie hingewollt, ich wäre trotz meiner Zweifel hingegangen, nur um für sie da zu sein. Erleichterung, dass sie auch nicht hinwollte, kann ich nicht verleugnen.

Gemeinsam gingen wir zurück zu meinem Auto. Auf dem Weg dorthin begleitete uns Greta noch ein Stück. Weit kamen wir nicht, denn am Auto angekommen, kam Mirko, unsere Sanitätsleiter, nochmal zu mir. Er hatte noch etwas vergessen und wollte es kurz mit mir abklären. Greta und Carola unterhielten sich derweil noch etwas. Während wir also so dastanden, bemerkte ich, wie Cindy an uns vorbei ging. Sie holte wohl was aus ihrem Auto. Was auffällig war, war, dass sie mich keines Blickes würdigte. Stattdessen lief sie, merklich angenervt an uns vorbei, sagte kein Wort, holte was aus ihrem Auto und lief genauso ignorierend an uns vorbei. Innerlich musste ich schmunzeln, denn ihr Schweigen war wohl zum einen der Trauer geschuldet, aber zum größten Teil, davon war ich fest überzeugt, der Tatsache, dass Carola und ich uns wieder verstanden, ja sogar gemeinsam bei der Beerdigung gewesen waren. Und nun, zu allem Überfluss verließen wir beide den Friedhof zusammen. Ich hoffte, dass sich damit alles geklärt hatte und die Geschichte vorbei sei. Im Gedanken nahm ich mir aber vor, Cindy vorsichtshalber in meinen Social Media von meinen Stories zu blockieren, in denen ich auch mit Carola kommunizierte. Nicht dass sie dadurch evtl. Carolas Seiten finden könnte, sie wieder belästigen könnte.

Einige Minuten später verabschiedeten wir uns von Mirko sowie Greta und setzten uns ins Auto. Geplant war, dass ich Carola wieder zuhause absetzen sollte, doch im Gespräch erwähnte ich, dass ich unbedingt etwas essen wollte. Carola fand die Idee gut, sodass ich sie fragte, ob sie nicht mitkommen wollte. Da ich sie bei ihrer Mutter absetzen sollte, schlug ich ein Restaurant in der Innenstadt vor, dass mehr oder weniger auf dem Weg lag. Zu meiner Freude gefiel ihr die Idee. Auf den Weg in die Innenstadt unterhielten wir uns noch über die Beerdigung. Für uns beide war es eine schöne, wenn man das so sagen kann, Beerdigung gewesen. Der Pastor hatte eine aus unserer Sicht schöne, wenn auch anspruchsvolle Predigt gehalten. Anspruchsvoll, da er Konstantins Freitod sehr konkret angesprochen hatte. Vor allem die Aussage, dass sich Konstantin völlig allein gefühlt hatte, hatte uns beide sehr getroffen. Carola fand auch, dass es für die Familie unerträglich gewesen sein musste, all diese Details zu seinem Leben, aber auch seinem Suizid zu hören. Andersherum war das auch eine Art der Bewältigung. Makaber fanden wir beide, dass Konstantin bei all dem seine eigene Beerdigung geplant hatte. Die Auswahl der Musik bis hin zu der Offenlegung seines Suizids wirkte bei aller Trauer schon egoistisch. Zusammen gefasst war es aber, da waren wir beide uns sicher, eine gute Verabschiedung gewesen. Das machten wir daran fest, dass wir uns erleichtert fühlten. Es war eine Befreiung der Last der letzten Wochen gewesen. Insofern war es eine schöne Beerdigung, denn sie gab uns den Abschied, den wir gebraucht haben. Und es war bestimmt nicht nur für uns so, sondern auch für alle anderen, die seit Wochen in einem Dauerzustand der Trauer, aber auch

Wut waren. Ein Abschied, der, keine Frage, viel zu früh kam. Ich fand mich seit Wochen wieder in der Lage, frei atmen zu können. Klar, lagen nun noch viele Aufgaben vor mir, aber jetzt, hier, war ich erstmals seit Monaten, also schon weit vor Konstantins Freitod, wieder in der Lage positiv in die Zukunft zu schauen. Die Kämpfe der letzten Monate, sei es beruflich, sei es um Carola und zuletzt um all das, was Konstantin Suizid mit sich brachte, hinter mir zu lassen. Ein Gefühl von Glück flackerte auf, da ich nun wieder mit Carola vereint war und die 4 Wochen des Grauens überstanden hatte. Von nun an könnte es nur noch aufwärts gehen.

Im Restaurant fanden wir schnell einen Platz, scheinbar war freitags gegen 15 Uhr nicht viel los. Oder es war reiner Zufall, für uns aber war es gut so, denn wir mussten nicht rumrennen und nach was Passenden suchen. Wir nahmen Platz, die Stimmung stieg merklich. Ein Blick auf die Speisekarte zeigte uns auch genau das, was wir jetzt brauchen könnten. Große, gute Burger. Ich bestellte mir einen Bacon Burger, Carola einen Chicken Burger. In der Wartezeit, es dauert ja immer etwas, Essen zu zubereiten, führten wir unsere Unterhaltung weiter. Schnell kamen wir aber weg von der Beerdigung, hin zu dem Verhältnis zwischen Carola, Konstantin und mir. Wie ich schon vermutet hatte, ließ der Gedanke sich nicht mit Konstantin ausgesprochen zu haben, Carola nicht los. Sie hatte aber nun so viel Vertrauen zu mir zurückbekommen, dass sie nun etwas genauer darauf einging, was damals, also im Sommer, vorgefallen war, dass zu dem Zerwürfnis geführt hatte. Und wie von mir vermutet, von ihr bereits angedeutet, war es wirklich Cindy gewesen, die sich da massiv eingebracht hatte. Carola erzählte mir, dass sie plötzlich von Cindy angeschrieben worden war, zunächst noch sehr freundschaftlich, fast schon führsorglich. Im Laufe ihrer Konversation änderte sich dies erheblich. Das Fürsorgliche blieb oberflächlich, was aber im Nachhinein betrachtet, aber taktisch war. Denn im Grunde ging es nur darum, bei Carola Zweifel an Konstantin und mir zu sähen, Carola von uns abzuwenden. Nun könnte man sich fragen, wieso Konstantin, ging es Cindy doch um mich. Doch die Antwort war ganz klar. Konstantin hatte ihr deutlich zu verstehen gegeben, dass sie aufhören solle, sich bei alles und jedem über mich zu erkundigen, oder diese für die Idee zu gewinnen, mich zu ihren Gunsten zu überzeugen. Er hatte davon im Ortsverein nicht haben wollen, sorgte es doch für Unruhe. Aus seiner Sicht hatte sowas nicht bei unserer ehrenamtlichen Arbeit zu suchen. Für sie war er damit ein zusätzliches Hindernis. Würde sie nur mich schlecht machen, würde sich Carola zwar von mir abwenden, doch ein Gespräch mit Konstantin würde das Ganze in Gefahr bringen. Konstantin hätte Carola aufklären können. Und da Cindy Carola ganz aus der Jugendarbeit mit uns weghaben wollte, musste sie Konstantin genauso mit hineinziehen wie mich. Zum Leidwesen aller Beteiligten, außer Cindy, hatte der Plan Erfolg, wenn auch Cindy nicht mit meiner Beharrlichkeit gerechnet hatte, mit der ich um Carola monatelang gekämpft hatte. Schmerzhafte Monate, voller Selbstzweifel und wachen Nächten voller dunkler Gedanken. Vor allem aber der Frage Wieso. Als Carola das alles erzählte, auch noch ein paar andere Sachen, von denen ich nichts wusste, wurde mir eins bewusst. Zum einen würde dies Carola immer zweifeln lassen. Sie würde immer mit der Last weiterleben, sich ohne Grund mit Konstantin verkracht zu haben. Wahrscheinlich auch damit, dass sie selbst auch schuld daran war, dass sie Cindy einfach so geglaubt hatte. Das allein wäre schon hart genug, denn hier wurde wissentlich die mentale Gesundheit einer Person in Kauf genommen, nur um sein eigenes egoistisches Ziel zu erreichen. Zum anderen ging es mir durch den Kopf, ob Konstantin nicht auch etwas unter der Situation gelitten hatte. Seine Gefühle für Carola waren nicht so groß wie meine, doch sie war auch für ihn eine gute Freundin gewesen. Das da nun diese verwirrende Situation gewesen war, deren Lösung wir so weit entfernt waren, hatte vielleicht auch ihn belastet. Es war zwar nur eine Vermutung und ich will es nicht als Grund für seinen Suizid sehen, das wäre dann doch viel zu weit hergeholt. Aber es war für niemanden großartig, wenn man plötzlich von einer befreundeten Person für das Böse gehalten wurde. Mir gegenüber hatte er das abgetan, war eher wie ich besorgt um unsere Freundin Carola, aber er war auch logisch neutral geblieben und verstand meine Bemühungen um sie nicht so wirklich. Vielleicht lag doch eine gewisse Enttäuschung darin, wieso sie nicht mit uns beiden über die Probleme, die sie bewegten, redete. Ich war mir aber sicher, aus all seinen Worten, all dem wozu er mir riet, dass er hoffte, dass er und Carola wieder miteinander reden würden. Sicher bin ich mir auch, dass er, wenn er uns jetzt sehen würde, hier in dem Restaurant, es ihn glücklich gemacht hätte.

Als die Burger kamen, war ich schon etwas erleichtert, das Thema wechseln zu können. Auch wenn ich nun, wenigstens etwas, wusste, was zu unserem Zerwürfnis geführt hatte, wollte ich nun voran sehen. Deswegen wechselte ich das Thema hin zu unserem Essen, welches wir dann auch genossen. Carola genoss es sichtlich, was mich auch glücklich machte. Es war schön mit ihr hier zu sitzen und einfach nur wieder wir beide sein zu können. Und es funktionierte, wir plauderten wie früher über dies und das. Die Zeit verging und Carola fiel auf, dass sie noch zum Hausarzt in einen Vorort musste. Dazu wollte sie ihren Schwager fragen, ob er ihr sein Auto leihen könnte. Ich griff ein und bot an, sie zu fahren, da ich sowieso nichts vorhatte. Es bedurfte kaum Überredung, denn Carola schien froh zu sein, mit mir die Tour fahren zu können. Die Strecke selbst war etwa 15km lang, was mir noch einige Zeit mit ihr geben würde. Wäre es nicht so ein trauriger Hintergrund gewesen, wäre es für mich ein toller, freundschaftlicher Moment gewesen. Ach, was sage ich da, natürlich fand ich es schön. Allein mit einer Person, der ich vertraute, deren Nähe mir guttat, über das erlebte zu reden, war einfach klasse.

Beim Hausarzt angekommen, mussten wir feststellen, dass dieser heute aufgrund von Krankheit geschlossen hatte. Ich war jetzt nicht wirklich böse darüber, denn hätte Carola es vorher gewusst, wären wir nicht gemeinsam hingefahren. So hatte ich, aufgrund einige Baustellen und den damit verbundenen Umwegen noch eine sehr angenehme Spazierfahrt mit Carola gehabt. Und nun stand die Rückfahrt an, welche nochmal etwa eine halbe Stunde beanspruchen würde. Um das ganze etwas mehr auszunutzen, schlug ich vor, eine andere Route zu wählen. Carola stimmte zu, wobei ich glaube, sie genoss die Zeit mit mir auch, war sie auch nicht wirklich böse über die geschlossene Praxis.

Auf unserem Weg zu ihrer Mutter, dort sollte ich sie absetzen, kam unsere Gespräch wieder auf Konstantin und seinen Suizid zu sprechen. Die Sinnlosigkeit der Tat macht uns immer noch sprachlos, ja sogar etwas wütend. Es fiel sogar das Wort Arschloch in Bezug zu der egoistischen Handlung. Uns war die Heftigkeit seiner Depressionen bewusst. Depressionen, die seine logische Denkweise so weit beeinflusst hatten, dass er seine Gefühle nicht mehr im Griff hatte. Gefühle, die im vorgaukelten, dass es niemanden für ihn geben würde, niemand ihn lieben würde. Sie ließen ihn vergessen, dass es durchaus Menschen gab, die für ihn da waren. Menschen, die um ihn trauern würden. Konstantin hatte durch seine Depressionen nicht mehr im Blick gehabt, was er seiner Familie, einfach all seinen Freunden und Bekannten damit antun würde. Diese Tatsache ließ Carola und mich frösteln. Ich versicherte ihr, dass es einen Unterschied diesbezüglich zwischen Konstantin und mir geben würde. Ich, im Gegensatz zu Konstantin Depressionen, würde mir viel zu viel Gedanken darüber machen, was mein Tod für meine Familie bedeuten würde. Nein, das könnte ich niemanden antun. Sachlich waren wir uns dessen bewusst, gefühlsmäßig musste man aber doch zugeben, dass Konstantin ein Arschloch gewesen war, der zwar den Schmerz nicht mehr wahrnahm, aber alles andere mit einer bestechenden Logik angegangen war, die es schon absurd aussehen ließ. Irgendwann in unserem Gespräch machte ich die Äußerung, das Konstantin so lange eine Rolle gespielt hatte, ohne auf sich selbst zu achten, dass es ihn von ihnen ausgehüllt hatte. Carola blickte mich an, völlig entgeistert dieser Aussage. Ihr entfuhr nur ein boar, da sie, wie sie selbst sagte, von der direkten Klarheit der Aussage, welche ich ja unbedacht und ohne Vorgedanken gemacht hatte, so was von passend war, dass es sie umhaute. In dieser spontanen Aussage sah sie die perfekte Beschreibung von Konstantins letztem Jahr, dass es uns beide schon fast erschreckte. Mich aufgrund der Nüchternheit, mit der ich es geäußert hatte, Carola anhand der Einfachheit derselben. Ich lachte auf, ein verlegenes Lachen, mir schon etwas peinlich. Carola lachte mit. Es war ein befreiendes Lachen, dass die Spannung des Themas lockerte, obwohl es im Grunde meine Aussage eine traurige Botschaft war. Zugleich war es der Beweis, dass auch eine einfache Aussage den Kern treffen kann. Einer meiner Professoren im Studium hatte mal etwas ähnliches auf die Frage geantwortet, wieso wir für eine Hausarbeit 15 Seiten schreiben mussten. Er erwiderte, das wenn man es schaffe, alle Fakten, alle Inhalte auf einer A4 Seite so wieder geben könnte wie auf 15 Seiten, er auch eine A4 Seite akzeptieren würde. Meine spontane Aussage zeigte, es geht, wenn auch der Tod von Konstantin kein Inhalt für eine Hausarbeit gewesen war.

Unserer gemeinsamer Beerdigungstag endete nach ganzen 7 Stunden an der Wohnung ihrer Mutter. 7 Stunden, von der die Beerdigung nur 2 Stunden ausgemacht hatte. Die restlichen 5 Stunden waren der gemeinsamen Trauerbewältigung als auch der Verbesserung unserer Beziehung geschuldet gewesen. Nun am Ende unserer gemeinsamen Zeit, saßen wir in meinem Auto, sahen uns an und ich spürte diese

Verbundenheit zwischen uns, die wir noch vor fast einem Jahr gehabt hatten. Damals, bevor wir in den Strudel aus Zweifeln geraten waren. Mir war in diesem Moment bewusst, dass es da etwas gab, was uns verband. Etwas, dass durch den Tod von Konstantin und der gemeinsamen Trauer wieder aus der Versenkung hochgekommen war. Die Frage, die sich mir stellte, war, wie es sich damit entwickeln würde, nun da wir von Konstantin Abschied genommen hatten. Würden wir wieder dort weitermachen, wo wir im Februar aufgehört hatten. Oder doch eher so wie im Juni, kurz bevor Cindy interveniert hatte. Vor allem aber, wie wäre es für mich, denn ich war in dieser Zeit ein anderer geworden. Besser gesagt, war ich mir meiner Gefühle für Carola bewusst. Ich drängte die Gedanken bei Seite, immerhin hatten wir beide gerade einen guten Freund beerdigt. Ich sollte der Sache zwischen uns Zeit geben, die Freundschaft langsam wieder auf Spur kommen lassen. In diesem Gedankengang, dieser Sekunde merkte ich, dass meine Abwehr noch auf dem Feld stand, bereit mich wieder in den Automatismus der Ruhe zu bringen. Auf Anweisung meines Trainers nahm die Abwehr Formation auf und ich umarmte Carola zum Abschied. Wie schon bei unseren vorherigen Umarmungen, auch denen vor dem Zerwürfnis, war es eine innige und herzliche Umarmung, die unsere gegenseitige Zuneigung, welcher Art auch immer, zeigte. Ich äußerte noch, dass wir unbedingt noch zusammen ein Panache auf

Konstantin trinken sollten in der nächsten Zeit, dann stieg sie aus. Ohne lange zu warten, fuhr ich los, einfach los, ließ Carola und den Tag hinter mir. Es war eine schöne Beerdigung gewesen.

Dienstag, 14. November

Es sind knapp 2 ½ Wochen seit Konstantins Beerdigung vergangen. 2 ½ Wochen, in denen ich mir einiger Sachen bewusst geworden bin, in denen ich über vieles nachdenken konnte. Nun stand ich, genau 18 Tage nach meiner Fürbitte am nördlichsten Ende der Insel Öland in Schweden. Nach all den Stress im Oktober, aber auch nach dem, was in den letzten 18 Tagen passiert war, hatte ich mir zusammen mit meinem Bruder eine Auszeit in Schweden genommen. Wir waren bereits am Wochenende angereist. Während der Fahrt war uns dann zusammen die Idee gekommen, einen Stein für Konstantin zu beschriften, einen Stein aus Schweden. Diesen wollten wir dann zunächst im See in der Nähe unseres Hauses versenken, waren aber davon abgekommen, da uns dann jedes Mal, wenn wir in den See sprangen unsere Trauer vorgehalten werden würde. Der Ort unserer Entspannung, unseres inneren Friedens würde unweigerlich zu einem Friedhof werden. Diese Tatsache fanden wir dann doch unpassend. Die Idee eines Gedenksteins blieb aber präsent. In Schweden fiel mir dann ein, dass Konstantin die Insel Öland immer sehr gefallen hatte. Jedes Mal, wenn wir da gewesen waren, hatte er dort an der Küste einen typisch schwedischen Steinturm gebaut. Ein Turm aus dem natürlichen, herumliegenden Stein gebaut wurde und das ohne Kleber oder Mörtel. Rein die Schwerkraft und das geschickte Aufschichten sorgten für die Stabilität. Öland hatte Konstantin in seinen Bann gezogen. So entschied ich mich, den Stein zum einen von Öland zu nehmen, ihn aber auch dort zu platzieren.

Hier am nördlichsten Ende der Insel, am Leuchtturm Langer Jan stand ich nun am Rand der Wasserlinie und blickte auf die scheinbar endlose Wasserfläche vor mir. Der Wind in dieser Jahreszeit war schon frostig und in den dazu gehörigen Regen mischten sich schon die ersten Schneeflocken. Dick in meinen schwarzen Mantel eingepackt stand ich nun da, dem Wetter trotzend und war im Gedanken versunken. In meinen Händen hielt ich den weißen Stein, auf dessen glatter Oberfläche ich vor einigen Minuten mit einer Schablone und Acrylfarbe meine Fürbitte gemalt hatte. Die pure Kraft der Natur, der eisige Regen, der mir ins Gesicht schlug, waren wie eine Auffrischung meiner Seele. Dazu kamen die vielen Gedanken, die ich in der letzten Zeit gehabt hatte. Hier, der Endlosigkeit des Meeres so nahe, wusch es mir meine Gedanken hinweg.

Vieles war in den letzten Wochen passiert. Die von mir angestrebte Anzeige wegen der üblen

Nachrede gegen Konstantin war schon nach einer Woche von der Staatsanwaltschaft fallen gelassen worden. Offizielle Begründung, es konnte kein Täter ermittelt werden.

Frustrierend aus zweierlei Gründen. Zum einen die schnelle Abhandlung der Polizei. Es war klar deutlich, dass es kaum von Interesse der Staatsanwaltschaft gewesen war. Für die Öffentlichkeit war es schlichtweg egal, ob und wieso es zu dem Gerücht gekommen war. Daher waren die Ermittlungen auch nur faktisch geführt worden. Sachlich richtig, menschlich ungenügend. So war zumindest meine Meinung. Was ich viel enttäuschender daran fand, war, dass es scheinbar niemanden gegeben hatte, der den oder die Absenderin der Nachricht, dem Befehl des Gerüchtes benannt hatte. Ich war mir zu 100% sicher, dass Kalle es wusste. Doch auch er hatte wohl zu viel Angst vor der Täterin, sodass es keine Aussagen diesbezüglich gab. Obwohl sie wussten, dass es sich um ein falsches Gerücht gehandelt hatte, hatte niemand eine Aussage gemacht, die zur Täterin geführt hatte. Sehr enttäuschend. Naja, die Anzeige war ins Leere gelaufen, daran ließ sich nichts mehr ändern. Für meine Zukunft, auch als Führung meines Ortsvereins war das Thema damit aber nicht abgehakt. Denn wenn auch niemand der Polizei gegenüber dem Verursacher identifiziert hatte, mir gegenüber hatte es jemand getan. Ein Freund, der mit dieser Ungerechtigkeit nicht umgehen konnte, hatte, wie auch immer, die damalige Nachricht lesen können. Auf dem

Handy einer anderen Person, inklusive Absenderin. Zwar konnte er mir keinen Screenshot besorgen, die Nachricht wurde dann auch in den entsprechenden Gruppen gelöscht, jemand versuchte wohl seine Spuren zu vertuschen, doch ich wusste nun, wer es gewesen war. Ohne Beweis konnte ich nicht mehr gegen sie vorgehen, ein Verfahren in unserem Verband anstreben, die Anzeige konkret auf sie wiederbeleben, doch ich wusste Bescheid. Etwas, was diese Person nicht wusste und auch nicht so leichtfertig erfahren würde. Aber meine Zeit würde kommen, Fehler würden gemacht werden und dann würde ich zuschlagen. Alles streng nach Gesetz und Satzungen, aber eben mit Geduld und Zeit. Sie würde nicht wissen, was sie trifft, bis es zu spät wäre. Und jemand, der einen Toten denunziert, diese Grenze überschreitet, würde irgendwann wieder moralisch verwerflich handeln. Dessen war ich mir sicher, darauf würde ich bauen. Oh ja, wie sagte nochmal jemand. Wenn Jan ruhig wird, dann wird es gefährlich für den Gegner. Diese Ruhe würde ich nun walten lassen. Der Tag würde kommen, meine Abwehr stand bereit!

Die Geschichte mit Carola hatte sich nach der Beerdigung wieder hin und her bewegt. Wahrscheinlich lag es auch an mir, denn durch Konstantins Tod war mir einiges klar geworden, vor allem, dass es nichts brachte, sich selbst zu verleugnen, Geheimnisse zu haben, alles allein in sich reinzufressen. Dessen bewusst hatte ich mir ein Herz genommen und Carola meine tiefsten Gefühle offenbart. Nicht direkt, sondern mit einem langen Brief. Daraufhin hatte sie sich zunächst nicht gemeldet, dann auf meinem Geburtstag doch. Sie hatte sogar vorgeschlagen, sich noch auf meinem Geburtstag abends zu treffen, mich dann aber ohne weitere Nachrichten sitzen gelassen. In den nächsten Wochen, also bis heute, war es dann immer wieder ein Hin und Her von intensiven Schreiben bis hin zu kompletten ignorieren meiner Nachrichten gegeben. Eine direkte Antwort auf mein Liebesgeständnis hatte es auch nie gegeben, weder einen Korb noch ein ich dich auch. Es wurde, wie so manche meiner Nachrichten ignoriert. Ebenso gab es ein hin und her in ihren Social Media. Mal ließ sie mich alle ihre Stories sehen, likete meine eigenen, dann war es offensichtlich, dass sie mich aus ihren Stories blockierte. Auch hier bemerkbar durch Reaktionen von Freunden. Es war schon verletzend zu sehen, dass fast jeder von ihr in ihren Stories verlinkt, für Kleinigkeiten gedankt wurde, wo, egal was ich für sie tat, ich nirgends in ihrer Öffentlichkeit zu sehen war. Es schien fast so, als schäme sie sich gegenüber ihrem Freundeskreis für unsere Freundschaft. Im Nachhinein fiel mir dann auf, dass sie mich noch nie in irgendeiner ihrer Stories erwähnt hatte, nie ein gemeinsames Foto gepostet hatte. Schmerzlich sowas. Irgendwann, kurz bevor ich nach Schweden fuhr, stellte sich dann heraus, dass sie einen festen Freund hatte. Das Ganze hatte sich wohl kurz vor Konstantins Tod angebahnt, war nun aber wohl offiziell. Wobei, wie schon im Frühjahr, bei den zwei anderen mit denen sie zusammen gewesen war, sie mir nichts davon sagte, es wohl bewusst verschwieg. Wobei mir nicht klar ist, wieso. Wieso hatte sie mir bei allen dreien nichts gesagt, mich als guten Freund aufzuklären. Ich konnte viel vermuten, viel darüber nachdenken, was ich auch tat. Erst die Klarheit der schwedischen Ruhe hatte mich dann zu einem Entschluss gebracht. Egal, was das zwischen Carola und mir war, egal wie meine Gefühle für sie waren, ich würde mich nicht in die Falle einer endlos dahinsiechenden vergeblichen Liebe aufopfern. Die Freundschaft wäre mir weiterhin viel wert, unschätzbar viel wert, aber es würde aus meiner Sicht nicht mehr so werden wie noch im Januar. Carola suchte etwas, daher immer wieder die neuen Freunde. Und immer wieder dieselben Charaktere, auch wenn es jedes Mal schieflief. Ich aber wollte nicht in ein Loch fallen, weil sie mich liebte und doch nicht liebte, meine Nähe suchte und mich dann am nächsten Tag fallen ließ. In den letzten 9 Monaten, lange vor Konstantins Tod hatte mich der Kampf um Carola so viel Kraft gekostet. Ich hatte so viel geopfert, nur um ihr wieder nahe zu sein. Und sie, sie ließ mich nach all dem, was wir mit Konstantins Tod durchgemacht hatten an meinem Geburtstag sitzen. Konstantin hatte mal gesagt, dass sie Problemen aus dem Weg ginge. Waren ihre Gefühle für mich ein

Problem, oder die fehlenden? Während wir zum ersten Mal in Paris gewesen waren, hatte sie mir gesagt, dass ich sie irgendwann hassen würde, so wie fast alle ihrer Freunde. Sie hatte dazu gesagt, dass sie immer wieder dieselben Fehler machte, Freunden vor den Kopf stieß. War ich nun solch ein Fehler? War unsere Freundschaft unweigerlich einem grausamen Ende geweiht? Ich wollte es im Moment nicht erfahren und so hatte ich mich entschieden, etwas auf Abstand zu gehen. Eine enorm harte Entscheidung betrachtet man meine Gefühle für sie, meinen monatelangen Kampf um unsere Freundschaft. Aber ich würde sie ja nicht fallen lassen. Nur müsste sie auch auf mich zukommen. Und seien wir mal ehrlich, solange sie in einer Beziehung war, egal wie diese lief, ich wäre immer nur der Ersatz dessen, was er ihr nicht bieten könnte. Im Notfall, in Krisen wäre ich natürlich für sie da, aber ansonsten müsste ich mich nun auf mich konzentrieren. Liebe bedeutet manchmal auch aufzugeben, zu warten oder auch mal zu verlieren. Carola ist einer der wundervollsten Menschen, die ich je kennen lernen durfte. Sie war, ist, aber auch einer der kompliziertesten, verrücktesten Menschen, die ich kennen lernte. Eben das war es, was mich an ihr faszinierte. Die Zeit würde zeigen, wohin wir beide wandern würden. Und wenn diese Zeit kommt, bin ich für alle bereit.

Da war ja auch noch Alexandra, die ein wirkliches Interesse an einer festen Beziehung mit mir hatte. Naja, besser gesagt, hatte sich das auch erst in den letzten Tagen herausgestellt. Aus der vorher flüchtigen, ungebundenen Freundschaft + hatte sich in den letzten Tagen etwas mehr entwickelt. Ob sie gespürt hatte, dass ich mir der Sache mit Carola bewusst geworden war und nun selbst bereit war? Ich konnte es nur ahnen. Fakt war, sie wollte nun eine feste Beziehung mit mir und auch ich war bereit dazu. Sobald ich aus Schweden zurück war, würde ich mehr Zeit mit ihr verbringen.

Was nun Konstantins Suizid und alles darum mit mir gemacht hatten, tja, das war so eine Sache. Es hatte mich sehr nachdenklich, selbstreflektiert gemacht. Konnte mir selbst so etwas passieren, würde ich auch in derartige Depressionen verfallen können. Allein die unerfüllte Liebe zu Carola, all der Stress, den ich hatte, würde das ausreichend, um mich auch an die Klippen und darüber hinaus zu treiben. Die Frage machte mir Angst. Angst, dass ich zwar jetzt ganz klar sagen konnte, dass dem nicht so wäre, aber was würde die Zukunft bringen? Bei Konstantin hatte ich eine für ihn schwer ertragbare Situation vor 2 Jahren als Knackpunkt für seine Depressionen erkannt, oder besser gesagt vermutet. Was, wenn auch mich sowas erwischen würde? Oder hatte es das vielleicht schon? Was würde mit mir passieren, wenn das mit Alexandra nicht funktionieren würde, Carola sich von mir abwenden würde, ich ähnlich wie Konstantin für etwas angezeigt würde, was ich nicht getan hätte. Oder dass ich nie die Möglichkeit bekommen würde, die Täter für das Gerücht der Gerechtigkeit anheim zu bringen? Würde ich dann auch über die Klippe fallen, mich fallen lassen? Fragen, deren endgültige Klärung nicht existierte, bis ich sterben würde, entweder durch mich selbst oder eines natürlichen Todes. Eins war für mich aber klar, ich würde immer dagegen ankämpfen, nie zu dicht an die Klippen treten. Immerhin hatte ich noch meine Abwehr und die stand felsenfest.

Ich musste aber auch etwas machen, aus dem bestehenden Trott herauskommen, eben nicht wie Konstantin in mir selbst verzweifeln, mich in einer Spirale aus Selbstaufopferung und Schmerz selbst aushüllen. Daher habe ich mich umgesehen, einen Weg gesucht, meinem Leben einen neuen Sinn zu geben. Die Beziehung mit Alexandra ist noch frisch und ein guter Anfang. Doch es musste etwas her, das mir einen Neustart ermöglichte, einen mentalen Aufschwung. Die Lösung, ich muss etwas tun, was ich nie getan hätte. Eine Idee verwirklichen, die ich im Kopf habe, mich aber nie getraut habe. Und so eine Idee hatte ich vor knapp einer Woche erhalten. Mehr durch Zufall und auch der aktuellen politischen Situation in der Welt geschuldet als, denn eines langfristigen Plans. Durch Zufall hatte ich einen Aufruf als ehrenamtlicher Helfer für einen Hilfseinsatz entweder in der Ukraine oder im Gaza Streifen gesehen. Ich hatte schon immer daran gedacht, ja geträumt, mal an einem solchen Humanitären Einsatz teilzunehmen. Die Ausschreibung war explizit für Helfer ausgerichtet, die sich im sozialen Sektor auskannten. Es ging darum in den Flüchtlingsunterkünftigen um das seelische Wohl der Kriegsopfer zu kümmern. Ohne groß weiter darüber nachzudenken hatte ich das Onlineformular aufgemacht, es ausgefüllt und auf Senden gedrückt. Das Resultat war, dass ich nun von Ende Januar bis Anfang März, 6 Wochen insgesamt als freiwilliger Helfer in ein Flüchtlingscamp im Süden des Gaza Streifen arbeiten würde. Ein Einsatz, der durchaus gefährlich sein würde, immerhin waren seit Beginn des Krieges auch Helfer der großen Hilfsorganisationen Opfer der Kämpfe geworden waren. Der Gefahr war ich mir bewusst, doch auch der Not, die dort herrschte. Mein Einsatz würde mir den benötigten Neustart geben, mich aus dem größer werdenden Loch holen, dass ein einfach weiter so mit sich brachte. Ich war mir sicher, dass nach meiner Rückkehr Alexandra auf mich warten würde und ich ein neues, altes Leben beginnen würde. Ich würde neues lernen und lehren und die Welt würde sich weiterdrehen.

Konstantin war für viele ein Held gewesen, ein Held, der sich für sie aufopferte, immer für sie da war. Er hatte sich selbst hinter allem anderen gestellt und sich selbst dabei verloren. Ein Held opfert sich für das Allgemeinwohl. In unseren Augen kann ihnen dabei nichts und niemand etwas anhaben. Sie kommen immer zufrieden und glücklich auch aus den schlimmsten Situationen, Angst und Zweifel prallen an ihnen ab. Konstantin war ein Held ohne Superkräfte, denn sowas haben die meisten Helden nicht. Sie sind genauso verletzlich wie jeder andere, leiden genauso unter Ängsten und wenn sie keine Liebe spüren, dann verzweifeln auch sie. Helden können sterben, leben nicht ewig. Meist wird das in ihren Legenden verschwiegen, bewusst ignoriert. Was das Leben aber mit Helden anstellt, das hat Konstantins Suizid gezeigt. Niemand ist unsterblich, niemand entkommt dem Tod, oder vielmehr niemand entkommt den Wirrungen des Lebens. Ich selbst habe immer davon geträumt ein Held zu sein, mit Superkräften das Böse zu bekämpfen. Welcher kleine Junge hat das nicht auch geträumt. Nun bin ich in der Heldenrolle, oder besser in der Führungsrolle wie Konstantin sie einst hatte. Im Gegensatz zu Konstantin wollte ich aber kein leidender Held werden. Konstantin sollte der letzte Held sein, der durch die Selbstaufopferung, durch das alles in sich rein fressen innerlich zugrunde gehen würde. Mein Ziel müsste es sein, aus diesem tragischen Heldenzyklus auszubrechen, das Held sein abzulegen, ohne aufzuhören zu führen, für andere da zu sein. Der letzte tragische Held sollte mit Konstantin gestorben sein. Ein ehrenhaftes Ziel, das wohl nie wirklich erreichbar sein könnte, gab es doch zu viele Helden auf dieser Welt, zu viele, die im Stillen litten, sich selbst aufopferten. Ich konnte nur hoffen, dass es für diese Helden anderen Helden gab, die für sie da waren, dass Helden sich gegenseitig schützen würden. Ich wollte solch ein Held für andere sein, voll im Bewusstsein, dass auch ich einen Helden brauche. Wer es sein würde, dass müsste sich noch zeigen.

Trotz allen Wissens über das wie oder das warum sind wir hilflos gegen den letzten Akt eines Menschen. Wir sind hilflos gegenüber den Warnsignalen, denn wer ist schon Experte auf diesem Gebiet, wer beschäftigt sich mit der Gefahr, solange nicht er selbst oder eine nahestehende Person sind akut darin befindet. Doch wenn wir die Warnsignale nicht kennen, sie deswegen nicht deuten können, wie sollen wie dann erkennen, dass wir uns in akuter Gefahr befinden? Und wenn wir es bei uns selbst erst nicht erkennen, wie dann bei anderen, selbst den uns so nahestehenden Menschen, denen, die wir lieben? Wissenschaftlich und theoretisch lässt sich unsere Welt immer besser erklären, ja sogar dadurch planen und strukturieren. Was nützt aber eine Struktur, ein Plan oder die beste Erklärung, wenn wir den Hintergrund nicht erkennen können. Nur wer weiß was passiert oder einen Überblick hat, was passieren könnte anhand von Fakten und Wissen, kann auch einen Plan erstellen, um etwas zu vermeiden oder anzupassen. Da der menschliche Geist aber immer noch seine eigene, geheime und verschlossene Welt tief in der eigenen Seele ist, wie sollen wir es dann sehen. Wie sollen wir einen Menschen erkennen, der voller Zweifel ist, voller tiefer Gräben in den Tälern seiner Seele, dessen Hoffnung schwindet, wie die Sonne am winterlichen Abend, ohne dass der garantierte Sonnenaufgang noch ins Bewusstsein rückt. Wie sollen wir wissen, dass genau diese tiefe innere Trauer, diese selbstzerstörerischen Impulse wider die Realität vorhanden sind, wenn der Mensch seine Gedanken tief in sich vergräbt und ein Lächeln aufsetzt, ein Leben schauspielert, dass nicht existiert und womöglich selbst für die vielen anderen geschundenen Seele da ist, um diesen zu helfen. Wie sollen wie erkennen, dass der größte Held, derjenige, der uns von der Klippe reißt, uns vor dem Fall rettet, selbst des Abends genau an derselbe Klippe steht, sich aber vor unseren Augen im Dunkel der Nacht dorthin bewegt. Eine allgemeingültige Antwort kann es nicht geben und niemand ist davor gefeit, sich diesem Schauspiel hingegeben zu haben. Wir sehen eben immer nur das Lachen, das Spaß, den Humor des Clowns, nicht sein Gesicht, wenn er sich verborgen vor unseren Blicken in der dunklen Umkleide abschminkt. Und sind wir nicht alle auch selbst Schauspieler und spielen täglich ein Theater mit denjenigen, die sich um uns herumbewegen. Wer ist schon komplett frei davon?

Für mich kann ich sagen, dass ich es nicht konnte. Trotz all meines Wissens, meiner

Ausbildung, all meiner Menschenkenntnis durch jahrelange Arbeit mit Kindern und Jugendlichen in meinem Beruf als Jugendpfleger war es mir bei einer mir sehr nahestehenden Person nicht möglich diese Kompetenz aktiv einzusetzen, ja sie automatisch abzurufen. Bei jedem meiner Schüler hätte ich immer auf die Anzeichen geachtet, nach Warnungen gesucht und ihre Leistungen mit dem privaten Leben abgeglichen. Doch sobald es in den zwischenmenschlichen Bereich meines eigenen privaten Lebens hineinreicht, da versagen diese Kompetenzen, man könnte sogar sagen, lege ich sie selbe schlafen. Worauf man bei seiner täglichen Arbeit achtet, ist dann plötzlich nichtig und kann einem ja nicht passieren. Fast schon so, als ob das Klingeln der Schulglocke, das Signal für das Ende einer Stunde, das Verlassen des Gebäudes auch die Profession einer sich kümmernden, beobachteten Person wie von Geisterhand verflüchtigt, in Rauch auflöst und sich wie ein flüchtiger Gedanke verabschiedet. Wieso nur glauben wir unbewusst zu wissen, dass wir in unserem normalen Leben unter Freunden und Familien nicht auf dieses Wissen zurückgreifen müssen, es einfach nicht notwendig ist. Als würden wir in einer endlosen Blase ohne Probleme und eben dieser Welt aus dunklen Gedanken befinden würden. Wir leben in der Welt der Glückseligen und den Problemen der Realität sind hier nicht existent. Fast wie in einem Endorphin auswerfenden Traum fern jedem Gesetz der Physik unseres Lebens. Und träumen wir nicht zu gerne davon, dass wir fliegen können, hoch über allem und jedem, über alle Ozeane, Gebirge, selbst über die brütenden Wüsten und das ewige Eis. Im Traum fliegen wir und Hinterfragen nicht das wieso, fliegen einfach immer weiter und weiter über die Welt hinaus in die Unendlichkeit. Bis zu dem Moment, in dem wir erwachen, aus dem Schlaf gerissen werden, egal ob durch uns selbst oder die brutale Wirklichkeit eines Weckers.

In meinem Fall war es der schrille Ton eines Weckers, der mich aus meinem Traum riss. Nicht aus dem im Schlaf, nicht im ersten Licht des Morgengrauens, nein, aus dem Tagtraum, den sich mein Leben selbst hingegeben hatte. Kaum fern den Problemen der Welt, kaum den Realitäten meines Lebens entrückt oder sich den alltäglichen Aufgaben unbewusst. Aber dem Traum, dass das Leben in geordneten Bahnen läuft, ich jedem Problem eine Lösung entgegenwerfe und sich alles zum Guten wendet. War ich mir doch träumerisch sicher, dass ich für alles eine Lösung finden könnte, Strategien zur Brandbekämpfung schon entwickeln kann, bevor das Feuer sichtbar ausbricht. Und wenn es sichtbar würde, dann könnte ich trotzdem darauf reagieren, zwar mit Kraftaufwand, aber immer das Schlimmste verhindern, Schäden geringhalten. Diesen eigenen Trugschluss der partiellen Unverwundbarkeit gepaart mit dem Gefühl fast alles zu schaffen, wurde mir je genommen, nur mit einem Anruf. Es brachte mich selbst an den Rand meines Selbst, barg Zweifel an meinem Handeln, meinen vergangenen Taten und meiner eigenen Unfehlbarkeit. Das Klingeln des Weckers des Schicksals zeigte mir die Schranken meiner Sterblichkeit, den dunkelsten Ecken meiner eigenen Seele mit allen seinen selbstgebauten Kerkern und dunklen Hinterhöfen. Fragen zu meiner eigenen Existenz, meiner Vergangenheit und auch meiner Zukunft flogen, wie aufgescheuchte Krähen wie wild durch meinen Kopf, während meine Realität in ein dumpfes Loch aus Trauer, Lethargie, Wut und Pflichtbewusstsein versank. Innerlich zerrissen, am Rande der Schlucht wandernd und nach dem Weg in Nebel des Unbegreiflichen suchend, wurde meine Stimme sanft und ruhig mit einem Hauch von Traurigkeit um die Welt um mich herum zu besänftigen. Ein Mensch am Limit seiner Selbst, der eine Aufgabe zu stemmen hat, die alles von ihm abverlangt, nur um auch die Trauer der Trauernden aufzufangen und selbst das Unbegreifliche selbst zu begreifen. All das brach mit dem schrillen Ton des Realitäten zerstörenden Weckers auf mich ein. Nun fragt ihr euch, was all das, was ich hier schreibe zu bedeuten hat, wovon ich genau schreibe, was der wissenschaftlich geprägte Prolog zu diesem Striptease einer inneren Seele werden ließ. Welche Geschichte liegt all dem zugrunde, dass ich sie euch erzählen sollte. So lasst mich nun damit beginnen, euch in all das einzuführen, was mich zu den Gedanken

brachte, die ich soeben verfasst habe. Ich werde
euch zurück führen in die Zeit, in der ich noch
am träumen war und über die Welt flog. Aber
ich führe euch auch in die Zeit hinein, in der ich
abstürzte und aus meinem Traum erwacht bin.
Deswegen hab ich euch in eine Geschichte
geführt, die alles erklärte, eine Geschichte, die
Herzen zerriss und Wunden auftat, die sich wohl
nie schließen lassen.

Mit diesen Gedanken trat ich noch ein Stück
näher an die dunkelblauen Wellen der Ostsee,
den Wind im Gesicht spürend. Bedächtig, ganz
vorsichtig, legte ich den Stein mit der Fürbitte
darauf in die aufschäumende Gischt der Wellen.
Als ich mich noch einmal umdrehte, sah ich wie
das Meer den Stein umspülte, ihn immer mehr
vereinnahmte. Irgendwann würde er im Meer
versinken, durch die mächtigen Stürme ins Meer
gerissen. Dort würde er für immer ruhen, in
Stille an Konstantin erinnern. Leb Wohl alter
Freund, dein Verlust traf mich sehr. Mögest du
Frieden finden, wo auch immer du nun bist. Ich
werde mich immer an dich erinnern, deiner
Taten gedenken, deinen Schmerz füllen und die
Zukunft daraus heraus gestalten.

Epilog

Suizid in Deutschland

Jedes Jahr nehmen sich allein in Deutschland mehrere tausend Menschen das Leben. Außerdem wird davon ausgegangen, dass es etwa bis zu 20x mal häufiger zu einem Suizidversuch kommt. Das bedeutet, dass es allein in Deutschland zirka 100 000 Suizidversuche gibt. Jeder Suizid betrifft andere Menschen, ob direkt oder indirekt. Man schätzt, dass ein Suizid bis zu 135 Menschen, rein durchschnittlich betrifft.

Das Risiko für einen suizidalen Vorgang steigt mit zunehmendem Lebensalter an, jedoch gehört der Suizid in der Altersgruppe der 15–25-Jährigen weltweit zur zweithäufigsten Todesursache. In Deutschland sterben mehr Menschen durch Suizid als durch Verkehrsunfälle, Gewalttaten, illegale Drogen und AIDS zusammen. Suizidversuche werden eher von Frauen im jüngeren Lebensalter unternommen während ca. 70% der Suizide insgesamt durch Männer verübt werden.

Suizide sind immer ein Hinweis auf eine sehr große seelische innere Not. Wissenschaftler*innen gehen davon aus, dass sehr viele Menschen, die durch einen Suizid sterben, zu diesem Zeitpunkt an einer psychischen Erkrankung litten. Aber das erklärt nicht allein, warum ein Mensch sich das Leben nimmt. Vielfältige andere Faktoren, wie z.B. Lebenskrisen, körperliche Erkrankungen oder belastende Lebensereignisse spielen hierbei eine Rolle. Es ist wichtig, Suizide **nicht auf eine Ursache** zurückzuführen. Es gibt Warnsignale, die uns helfen können, auf einen Menschen, dem es nicht gut geht und der Suizidgedanken entwickelt, aufmerksam zu werden. Doch nicht immer sind diese Warnsignale offen zu sehen. Selbst Experten, die sich täglich mit psychischen Erkrankungen beschäftigen, können einen suizidalen Gedankengang vorab erkennen.

Depressionen

Eine Depression ist eine psychische Erkrankung, die sich in zahlreichen Beschwerden äußern kann. Eine anhaltende gedrückte Stimmung, eine Hemmung von Antrieb und Denken, Interessenverlust sowie vielfältige körperliche Symptome, die von Schlaflosigkeit über Appetitstörungen bis hin zu Schmerzzuständen reichen, sind mögliche Anzeichen einer Depression. Die Mehrheit der Betroffenen hegt früher oder später Suizidgedanken, 10 bis 15% aller Patienten mit wiederkehrenden schwer ausgeprägten depressiven Phasen sterben durch Suizid.

In Deutschland leiden schätzungsweise 5% der Bevölkerung, d.h. etwa 4 Millionen Menschen, aktuell an einer Depression. Pro Jahr erkranken etwa 1 bis 2 Personen von 100 neu. Depressive Episoden kommen in jedem Lebensalter vor, der Erkrankungsgipfel liegt zwischen dem 30. und 40. Lebensjahr. Nach aktuellen Studien erkranken aber viele Patienten erstmals schon vor dem 30. Lebensjahr. Die Wahrscheinlichkeit im Laufe des Lebens eine Depression zu entwickeln, beträgt zwischen 7 und 18%. Frauen sind etwa doppelt so häufig wie Männer betroffen.

Viele der Betroffenen suchen allerdings keinen Arzt auf, sei es aus Unwissenheit, Verdrängung oder aus Schamgefühl. Häufig werden aber auch Depressionen aufgrund ihres vielfältigen Erscheinungsbildes vom Hausarzt nicht erkannt. Es gehört neben medizinischem Fachwissen viel psychiatrische Erfahrung dazu, um eine Depression schnell und sicher zu diagnostizieren. Wird einmal die richtige Diagnose gestellt, ist die Lage alles andere als aussichtslos. In den letzten Jahrzehnten hat sich hinsichtlich der Therapie einiges getan und mehr als 80% der Erkrankten kann dauerhaft und erfolgreich geholfen werden. Deswegen ist es umso wichtiger, dass die Allgemeinbevölkerung für dieses Thema sensibilisiert und aufgeklärt wird: Denn eine Depression kann jeden treffen, unabhängig von Alter, Geschlecht und sozialem Status.

Von **unipolarer Depression** spricht man, wenn depressive Phasen, jedoch keine manischen Phasen auftreten. Treten außer den Symptomen der Niedergeschlagenheit, Antriebsarmut und Interesselosigkeit auch Phasen grundloser, übermäßig gehobener und distanzloser Stimmung (Manie) auf, liegt eine so genannte **bipolare Störung** vor. Bei ca. 20% der Patienten mit Depressionen verläuft die Erkrankung bipolar. In den letzten Jahren fanden sich Hinweise darauf, dass bipolare Störungen mit leichteren maniformen Symptomen noch häufiger sind und nicht selten unerkannt bleiben. Die reine Manie ohne depressive Phase ist mit etwa 5% sehr selten.

Beide Erkrankungen gehören zum Formenkreis der affektiven Störungen. Eigentlich wäre die Bezeichnung Stimmungsstörungen anstelle von affektiven Störungen präziser, da es sich um eine Störung der Grundgestimmtheit und weniger um eine Störung der Affektivität (Gefühlsaufwallung in emotionalen Ausnahmesituationen) im eigentlichen Sinne handelt.

Wo finde ich Hilfe?

Bitte beachten Sie, dass im Fall einer Erkrankung oder des Verdachts auf eine Depression das **Gespräch mit einem Arzt/einer Ärztin oder Psychotherapeutin/Psychotherapeuten** unverzi chtbar ist.

In **Notfällen**, z.B. bei drängenden und konkreten Suizidgedanken wenden Sie sich bitte an die nächste **psychiatrische Klinik** oder wählen Sie den **Notruf** unter der Telefonnummer 112.

Unterstützung an Ihrem Wohnort erhalten Sie zudem beim **Sozialpsychiatrischen Dienst** (SpDi), ein Angebot für Menschen mit psychischen Erkrankungen und deren Angehörige. Der SpDi bietet Beratung und Hilfe für Menschen mit psychischen Erkrankungen und deren Angehörige an. Die Kontaktdaten des nächstgelegenen SpDi erhalten Sie über das Gesundheitsamt. In aller Regel finden Sie auch den nächstgelegenen SpDi, wenn Sie in eine Online-Suchmaschine „Sozialpsychiatrischer Dienst" und Ihren Wohnort eingeben.

Ergänzend zur professionellen Behandlung durch einen Arzt und/oder Psychologen gibt es eine Reihe von **weiteren Hilfsangeboten**:

- Haben Sie Fragen zur Erkrankung Depression und zu Anlaufstellen in Ihrer Nähe? Wenden Sie sich an unser Info-Telefon Depression unter der Tel.: 0800 / 33 44 533.

Der Autor

Erik Hermann Jan Heeren ist Jahrgang 1975.
Schon im Alter von 12 Jahren fing er an,
Gedichte zu verfassen. Während seines Abiturs
wurde aus dem sporadischen verfassen von
Gedichte eine fast regelmäßige Tätigkeit.
Brauchte er von für seinen ersten Band „Leben"
6 Jahre, so entstand der zweite Band
„Reifeprüfung" innerhalb nur eines Jahres.
Zeitgleich begann Erik auch damit,
Kurzgeschichten zu schreiben.
Im Laufe der Jahre kamen so an die 1500
Gedichte und 30 Kurzgeschichten zusammen.
2016 begann er dann damit, seine Gedichte
Stück für Stück über Selfpublishing zu
veröffentlichen. 2017 folgte dann sein erster
Roman „Die Nähe der Ferne". Bis 2023
veröffentlichte Erik H.J. Heeren insgesamt 5
Gedichtbände, einen Roman sowie ein Sachbuch
zum Thema „Jugendarbeit".

Die Novelle „Der letzte Held" war keine geplante
Arbeit, die Erik H.J. Heeren nicht in seiner
Grundidee schon länger beschäftigt hatte. Die
Geschichte entstand, nachdem sich ein enger
Freund und Vereinskollege von Heeren selbst
getötet hatte. Für Heeren und sein Umfeld ein
enormer Schock. In dem Erlebten sowie dem,
was es mit ihm und anderen angestellt hatte,
sah Heeren eine tragische aber unbedingt zu
erzählende Geschichte. So begann er zu
recherchieren, welche Art der Abfassung für

dieses Thema am besten geeignet wäre. Nach der Lektüre zahlreicher Bücher verschiedenster Genres, entschied er sich für die Novelle. Inspiration fand er bei den Schriftstellern des ausgehenden 19. Jahrhunderts, welche sich intensiv der Novelle gewidmet hatten. Zudem waren ihre Werke von einer Melancholie geprägt, die zum Thema Suizid passten. Nachdem nun die Art und Weise gefunden war, beschäftigte sich Erik H.J. Heeren mit dem fachlichen Thema der Depressionen und des Suizids. Nur so war es möglich, die im Kopf bereits ausgearbeitete Geschichte auch sachlich richtig zu wieder zugeben. Dabei ging es nicht um die Beschreibung des Suizids, der Problematik der Depression, sondern um das, was es mit den Menschen drum herum anrichtet. Nicht die suizidale Person, sondern sein Umfeld sollte im Vordergrund stehen. In die Novelle flossen so reelle Situationen und Handlungen sowie Fachwissen aber auch fiktive auf das Thema bezogene Inhalte ein. Auch änderte Erik H.J. Heeren Personen und Orte ab, passte sie an und machte aus der Realität eine Fiktion. Ging es doch bei der Novelle nicht darum, einen zeitlichen Ablauf korrekt wiederzugeben, sondern der sinnmäßige Inhalt war wichtig.

„Der letzte Held – eine Herbst Novelle" soll ein Zeugnis für die Trauer und Wut der Hinterbliebenen sein. Aber auch dass, egal wie schwer die Situation zu sein scheint, man kann sie bewältigen und im Leben voran gehen. Es soll aber auch auf die Wirkungen von Depressionen hinweisen. Wie sagte einer der Lektoren, harter Tobac.

Der letzte Held
Eine Herbst Novelle

von Erik H.J. Heeren
Dezember 2023

Der Autor Erik H.J. Heeren

Bisherige Veröffentlichungen von Erik H.J. Heeren

„Leben – Zwischen Traum und Realität"
Gedichtband

„Reifeprüfung"
Gedichtband

„Der Spiegel an der Wand"
Gedichtband

„Life – the different Language"
Englischsprachiger Gedichtband

„Das Labyrinth ohne Wände"
Gedichtband

„Die Ferne der Nähe"
Roman

„Ratgeber Jugendarbeit – Online Gruppenstunden"
Sachbuch

© 2023 Erik H.J. Heeren
Herstellung und Verlag: BoD – Books on Demand,
Norderstedt
ISBN: 9783758325724